新雅
名著館

塊肉餘生

原著 查理·狄更斯〔英〕

撮寫 宋詒瑞

新雅文化事業有限公司

文學名著，具有永久的魅力。一代又一代的讀者，曾從中吸取智慧和勇氣。

　　面對未來競爭性很強的社會，少年兒童需要作好準備，從素質的培養、性格的塑造、心理承受力的加強、思維方式的形成、智力的開發，以及鍛煉堅強的意志，都是重要的課題。家庭教育的單調、學校教育的局限、社會教育的不足，使孩子們面對許多新問題感到困惑。而文學名著向小讀者展現豐富的世界，通過書中具體的形象、曲折的情節，學會觀察人、人與人的關係，和錯綜複雜的社會矛盾。可以説，文學名著是人生的教科書，它像顯微鏡一樣，照出人的內心世界和感覺。通過書中人物的命運，了解社會，體會人生，不知不覺地得到啟迪心靈的鑰匙。而名著中文學的美，語言的美，更是滋潤心田的清泉。

　　然而，對於年紀尚小的讀者來説，這些作品原著的篇幅有些長，這套縮寫本既保留了原著的精髓，又符合小讀者的能力和程度，是給孩子開啟文學大門的最佳選擇。

著名兒童文學作家
冰心獎評委會副主席　｜　**葛翠琳**

《塊肉餘生》（又譯作《大衞・科波菲爾》），是十九世紀英國大文豪狄更斯最享盛譽的傑作。

這是一部半自傳體的巨著，長約八十餘萬字。全書描寫早年喪父的大衞，飽嘗艱辛，備受坎坷，但他披荊斬棘，頑強奮鬥，終於功成名就，在事業和生活上都得到美滿的結局。書中細緻描寫大衞感人的生活歷程及成長路上的心態，在他身上體現了仁愛、正直、勤奮、上進和務實的精神。

圍繞着這一中心人物，作者生動刻劃了一系列形形色色的人物，有正面的，也有反面的。最終，真善美戰勝了邪惡力量，人類的善良感情戰勝了金錢帶來的罪惡。本書成功之處，在於深刻描繪了英國中產階級與下層人民的生活風貌，被稱為十九世紀英國維多利亞時代社會生活的巨幅風情畫卷。狄更斯本人十分喜愛此書，他在原著序言中寫道：「在所有我寫的書中，我最愛的是這一部。」

1870年狄更斯去世時，一個小孩哭泣着説：「狄更斯叔叔死了嗎？那麼，聖誕老人也死了。」狄更斯在孩子心目中猶如聖誕老人的化身。他的作品總是帶來喜樂、歡愉，以及無限的希望，本書也是如此。

目錄

第一章　　我的出生 ………………… 6

第二章　　船家作客 ………………… 11

第三章　　家庭風暴 ………………… 14

第四章　　被遣上學 ………………… 20

第五章　　結交新友 ………………… 24

第六章　　失去媽媽 ………………… 28

第七章　　保姆結婚 ………………… 34

第八章　　自食其力 ………………… 37

第九章　　投奔姨婆 ………………… 41

第十章　　新的開始 ………………… 47

第十一章　學校生活 ………………… 52

第十二章　　希普母子 *57*

第十三章　　出門旅行 *63*

第十四章　　選定職業 *70*

第十五章　　陷入情網 *75*

第十六章　　禍不單行 *81*

第十七章　　形勢突變 *86*

第十八章　　新的生活 *91*

第十九章　　朵拉家變 *94*

第二十章　　訪安格妮 *99*

第二十一章　我結婚了 *103*

第二十二章　家居生活 *109*

第二十三章　找回艾美 *114*

第二十四章　真相大白 *117*

第二十五章　喪妻之痛 *125*

第二十六章　暴風疾雨 *132*

第二十七章　圓滿結局 *139*

● 　故事討論園 *148*

● 　擴闊眼界 *149*

● 　作者小傳 *150*

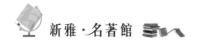

新雅・名著館

第 一 章　我 的 出 生

知識泉

布蘭德：地名，離英
國倫敦北面約五十英里。

　　我叫大衞・科波菲爾，這裏記下的是我一生的故事。

　　我出生於薩福克的布蘭德，在一個星期五的深夜十二點來到這個世上。接生護士和左鄰右舍那些姑姑姨姨們説，不幸生在這個日子和這個時辰的孩子，命中注定要事事倒霉，結果如何呢？你讀了我這部傳記就會明白了。

　　那是一個三月的黃昏，我母親獨自坐在壁爐前面沉思。她身體虛弱，精神萎靡，思念着六個月前去世的丈夫，撫摸着腹中的我，滿心悽楚。對自己，對這即將臨盆的無父孤兒，她覺得前途渺茫，也不知道自己在今後這漫長的日子裏，能否掙扎得過來。

　　正當她抬起頭來擦眼淚的時候，忽然看見一個陌生女人挺着腰板、繃着臉，徑直向窗口走來。這位客人不去拉門鈴，而是把鼻子使勁貼在玻璃上往屋裏瞧，把鼻子壓得又扁又白。

這是貝西・特洛烏德小姐，我父親的姨母，也就是我的姨婆。她和一個傭人住在海濱的一所小房子裏。她結過婚，但與丈夫合不來，她就給了丈夫一筆錢，把他打發走了。

貝西小姐本來很喜歡我的父親，但聽到父親要娶我媽時，她大發雷霆，説我那不到二十歲的母親是個「愚蠢的蠟製娃娃」，為此父親和她鬧翻了，從此再也沒有來往。

我媽雖然沒見過貝西小姐，但能猜到是她來了，便跑去開門。兩人坐在客廳裏一言不發，我母親按捺不住，終於哭起來了。

「好啦，別這樣！」貝西小姐説，「你還真是一個小孩子吶！」

我媽低着頭哭，但好像覺得貝西小姐在輕輕地撫摸着她的頭，這是我媽後來告訴我的。

「別哭了！你的女孩叫什麼名字？」

「還不知道是不是女孩呢！也許是個男孩。」我媽嗚咽着説。

「一定會生個女孩的，」貝西小姐説，「她出

生之後，我願意做她的教母，我會給她取名為貝西．特洛烏德．科波菲爾。她應當接受良好的教育，不會犯錯誤，不會濫用她的愛情。我有責任這樣做。」

我媽很怕貝西小姐，她太慌張太軟弱，不知自己該說什麼，就又哭起來了。

這時女管家白葛迪剛好送茶進來，發現我媽的氣色不對，便馬上去請醫生來。

貝西小姐一直坐在客廳裏等着。幾小時以後，醫生終於下樓來，貝西小姐問道：「大夫，她好嗎？」

「科波菲爾太太的情況十分好。」醫生回答道。

「我是說小孩吶，她好嗎？」

「生的是個男孩呀！」醫生說。

我姨婆一個字也不多說，就此走出我家門口，再也沒有來過。

我，就這樣誕生了。至今我仍認為，我的提早出生，想必跟貝西小姐的突然來訪，使我那本已虛弱不堪的母親受到了驚嚇，是大有關係的。

在我幼年的朦朧記憶中，我媽媽生着滿頭秀髮、身材窈窕；而我們的管家白葛迪卻長得十分粗壯，她的雙頰像蘋果一般又紅又硬，我常常奇怪那些鳥兒為什麼不去啄她而去啄樹上的蘋果。

我還記得家中那舒適的小客廳，媽媽、白葛迪和我留在這兒度過一個個愉快的黃昏。星期天她們帶我上教堂，白葛迪在聽牧師講道時常回頭向我家方向張望，不是怕失火，就是怕有人來搶劫；我則不停地打哈欠。

一天晚上，白葛迪和我坐在客廳的火爐旁。白葛迪一邊用彩線繡着好看的花兒，一邊聽我唸一本關於鱷魚的故事書。我的故事是如此精彩，以致白葛迪高興地用她肥胖的身軀緊緊地擁抱了我一下，她長衫後面的鈕扣崩、崩地爆開了兩顆。

媽媽回來了。她站在門口，神采飛揚，旁邊還有位黑眉毛黑鬍子的英俊男子陪着她。

媽媽吻我的時候，那先生用手摸我的頭，我伸出手去把它推開了。

「別這樣，大衛！」媽媽溫柔地呵責我。

「晚安，我可愛的孩子！」他吻了媽媽的手，又

要和我握手。我把右手留給媽媽，只向他伸出左手。他親熱地握了握，轉身走了。看起來他不像上流人，我一點也不喜歡他。

他叫馬史通先生，從此他常常來我們家。每當白葛迪在窗口望見我媽媽和馬史通先生親密地在園中散步時，就滿臉怒容，重重地梳我的頭髮，把我的頭皮扯得好痛。

第二章 船家作客

一天晚上，媽媽又外出了。白葛迪和我坐在客廳裏。她好幾次奇怪地盯着我看，欲言又止，過了好一會兒，她終於開口說：「大衞少爺，你願意和我一起到雅茅斯住兩星期嗎？那兒有海、有大大小小的船、有沙灘……你一定會喜歡的。」

「那，媽媽一個人怎麼辦？」我擔心地問。

「她會到格蕾太太家去玩幾天的，那兒有很多客人呢！」

事情就這樣定了下來。晚上我告訴媽媽時，她一點沒有表現出驚訝的樣子，我們很快便動身了。

直到現在我還記得，我當時是多麼急切地想離家出門去！出發那天，我和媽媽都哭了，媽媽再次要馬車停下來，好與我吻別。她的臉上布滿淚痕，那情景令我難忘。

知識泉

雅茅斯：英國東海岸的一個漁港，在倫敦北面，以產熏青魚出名，所以雅茅斯的當地人有個綽號叫「雅茅斯青魚」。

我們坐的馬車上的套馬，肯定是世界上最懶的馬了。牠垂着頭一步一步慢吞吞地踱着，儘管我心裏多麼着急也拿牠沒辦法。馬車彎彎曲曲地繞過許多小路，這真是趟漫長的旅程，當我們終於看到雅茅斯時，我快活極了。

這是個臨海的美麗小村莊。我們的馬車在一家小酒店門前停下，一個叫漢姆的青年在等着我們。他把我背在背上，挾着我的箱子，白葛迪拎着她的箱子，穿過一條小路，來到一片沙地上。

「大衞少爺，這就是我們的家！」漢姆説。

舉目四望，看不見有房子，只是在不遠處停着一條很大的黑木船，上面的鐵煙囱裏徐徐地冒着煙。原來這就是白葛迪哥哥的家——一艘曾在海上航行過的真正的船，現在卻停泊在陸地上供人居住，這簡直像阿拉丁神宮般神奇而有趣啊！

白葛迪先生以捕魚為業，他收養了兩個孤兒——姪子漢姆和外甥女艾美，還有一位岡米治太太，是白

知識泉

阿拉丁神宮：出自阿拉伯神話《一千零一夜》（又名《天方夜談》）中的故事「阿拉丁的神燈」，阿拉丁藉神燈之力，召來巨魔，一夜之間蓋成一座漂亮的宮殿。

葛迪先生船友的遺孀，也和他們同住。岡米治太太把船屋收拾得十分整潔，又給我們做了可口的

遺孀：丈夫已經逝世的婦人。

鮮魚晚餐。晚餐後我們圍坐在火爐邊閒聊，聽白葛迪先生講年輕時的航海故事，十分愜意。

　　睡覺時，我聽見了屋外風的呼嘯聲和大海的浪濤聲，好像整艘船漂盪在大海中，搖搖晃晃地前進。

　　白天，高大健壯的漢姆陪我去看大船，美麗可愛的艾美帶我到海灘去散步、拾貝殼和小石子玩，她那一雙像天使般的藍眼睛真叫人着迷。

　　兩個星期的快樂時光很快地滑過，回家的日子到了。我依依不捨地和白葛迪先生一家告別，離開小艾美時，我感到很痛苦。但是當我想到即將回到母親身邊，便很高興。我對白葛迪說了，可是她卻顯得不快活，似乎心情沉重。

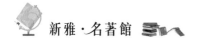

第三章 家庭風暴

一路上，白葛迪愁眉不展。我還記得，那是一個寒冷的、灰濛濛的下午。快到家門時，白葛迪拉着我，顫抖着開了口：「大衞少爺，上帝保佑你，大衞少爺！」

「出了什麼事？我媽媽在哪兒呀？」我突然感到一陣恐懼。

白葛迪困難地説：「我早就該告訴你了，親愛的，你已經有了一個新爸爸！」

我的臉一下子變白了，我衝進客廳，看到媽媽和馬史通先生坐在火爐旁邊。媽媽見到我之後立刻站了起來，但卻顯得很膽怯、很小心。

「克拉拉，記得要約束自己！」馬史通先生對她説。

我走到母親跟前吻了她，她輕輕地回吻了我，又坐下做手中的活兒。我淚流滿面，匆匆離開了他們。我心中充滿恐懼和悲傷，不知往後的日子該怎麼過。

　　我的卧室被換到另一間房間裏。我躺在牀上，用被單蒙着頭，哭着睡着了。

　　早上，我被媽媽的聲音驚醒：「大衞，你哪兒不舒服啊？」

　　「沒什麼。」我回答着，把身子背向她。

　　這時，有隻手按住了我，這不是媽媽的手，我驚跳起來，馬史通先生站在牀邊對正在流淚的媽媽説：「克拉拉，你忘了我的話嗎？要堅強些！」他在她耳邊低語着，看來她是完全聽憑他擺布了。

　　「下樓去吧，克拉拉。大衞和我需要互相了解一下。」馬史通先生關上房門，把我抓住，直盯着我的眼睛，我的心砰、砰地亂跳起來。

　　「假如我有一匹不聽話的馬，你知道我會怎樣對付牠嗎？」他冷冷地問。

　　「不知道。」我害怕地説。

　　「我會鞭打牠，重重地打，打出牠所有的血，直到牠馴服。懂了嗎？」

　　我沒出聲，只是恐懼地點了點頭。

　　「現在，」馬史通先生微笑着説，「去洗掉你臉上的淚水，跟我一起下去。」

　　我照他的話做，跟他下樓用餐。晚飯後，馬史通先生的姊姊來了，這女人長得跟她弟弟一樣黑。她帶來兩隻嵌着**鐵箍**[1]的黑箱子，她的錢也是裝在一隻鐵製的小錢包裹的。她的神情陰鬱、眼色冰冷，是一個令人懼怕的鐵女人。

　　她在我母親臉上啄了一下算是親吻：「克拉拉，我是來減輕你的負擔的。你太漂亮，頭腦太簡單，所以什麼事也辦不成。把你所有的鑰匙都交給我，以後一切家務都由我料理好了。」

　　自此以後，母親失去了治家的權利。有一次她提出了幾個治家的想法，立刻被馬史通先生嚴厲地責罵了一頓，從此她再也不發表意見。

　　媽媽照舊在家裏教我功課。以前，學習是件輕鬆的事，上課是一種樂趣；但現在，由於馬史通姊弟倆在場，氣氛變得很緊張，上課成了每天的苦刑——對我和對我媽媽都是一樣。

　　我開始背書，起初背得很快，不久我背錯一個字，馬史通先生抬起了頭；我很害怕，於是我又背錯

---

[1] **鐵箍**：緊緊套在東西外面的鐵板圈，這裏用鐵箍箍住箱子，以防止箱子鬆脫。

了一個字；馬史通小姐也抬起了頭，這使我又背錯了六、七個字。我漲紅了臉，急急再背，但錯誤越來越多，我母親嗡動着嘴唇，想給我點提示，但總遭到那姊弟倆的嚴厲阻止：「克拉拉，對孩子要堅定，不要放縱他！」

馬史通先生沒有忘記他的馴馬理論，他不是用力把書本向我扔過來，就是打我的耳光。

有一天，他甚至拿了根鞭子來，不用説，那天我的表現比平時更糟糕，背到後來我一個字也記不起來了。馬史通先生把我拖到房間裏，用手臂緊緊夾住我的頭，開始鞭打我。

我氣極了，在他按着我的那隻手上使勁咬一口，把它咬破了。現在想起來，我的牙根還癢癢的呢！

馬史通先生怪叫了一聲，接着就拚命毒打我，那股子狠勁，好像不把我打死決不罷休。我大聲哭叫，同時聽見有人跑上樓來，聽見母親和白葛迪的哭喊聲……後來馬史通先生扔下我走了，還從外面鎖上了房門。

我躺在地上，身上傷痕火辣辣的疼，但我不敢哭。想起剛才咬了人，這使我感到犯了極大的罪過，心中充滿了恐懼——我真是個壞孩子啊！他們會怎樣

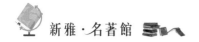
處罰我呢？會抓我去坐牢嗎？

　　我就這樣被關了五天，每天只有馬史通小姐給我送一點食物。在我的記憶中，這五天簡直漫長得有如五年。最後一天的夜裏，我聽見門口有人在輕輕喚我的名字，那是白葛迪的聲音。她告訴我說，媽媽很好，沒有生我的氣；又說他們決定了，明天要送我去倫敦附近上學。

　　接着，白葛迪把嘴緊貼在鑰匙孔上，熱烈而誠懇地説：「大衞，親愛的，這幾天我沒有來看你，但我仍和從前一樣愛你……我會寫信給你的。你要知道，我不來看你，這樣對你和你媽媽會好一些，不然他們會發火的……」她一面説一面哭着。

　　「謝謝你，親愛的白葛迪，」我説，「請你寫信告訴白葛迪先生和小艾美，我不是像別人説的那麼壞。」她答應了。於是我們兩人都使勁親吻那鑰匙孔，我還用手拍了拍它，好像那就是忠誠的白葛迪的臉一樣。我們就這樣分別了。

　　從那天起，我對白葛迪產生了一種強烈的感情，本來我的心好似被挖掉了一塊肉，卻被她對我的愛補好了。從此，白葛迪的愛便留在了我的心中。

第四章 被遣上學

第二天早上，馬史通小姐來告訴我，説要送我外出上學。她帶我下樓去吃早餐，媽媽坐在那裏，臉色蒼白，眼睛都哭紅了：

「唉，大衞，沒想到你把我愛的人咬傷了！我真難過。我寬恕你了，你要學好呀！」

他們已使她相信我是一個壞孩子了，這使我很傷心，我的眼淚滴在黃油麵包上，流在茶杯裏，被我一起吞了下去。

白葛迪和馬史通先生沒有出來送我。馬史通小姐把我拉到馬車前，我就這樣孤零零地上路了。

馬車大約走了半英里，我的小手絹全哭濕了。忽然車夫巴吉斯把車停了下來，真沒想到，白葛迪從旁邊樹叢中衝了出來，爬上了車。她把我吻得透不過氣來，然後掏出幾包點心和一個錢包塞給我，一句話也沒説，又使勁用她那胖身軀擁抱了我一下才下車走了。我相信她那長袍後面的鈕扣大概一個也沒剩下，

有好幾個扣子在地上亂滾，於是我撿起一個來留作紀念。

錢包裏有三個擦得發亮的先令，還有一張紙包着的兩枚半克朗，紙上寫着：「給大衛，附上我的愛。」我認得這是母親的筆跡，這令我又哭了半天。

我請巴吉斯吃點心，他吞下一塊後問道：「這點心是她做的嗎？」

「是呀，我們的點心和飯都是白葛迪做的。」

巴吉斯沉默了一會，問道：「她有丈夫嗎？」

「沒有，她還沒有結婚。」

巴吉斯彷彿高興得要吹口哨，他說：「假如你給她寫信，替我加一句『巴吉斯願意』，可以嗎？」

巴吉斯是一個很和善的人，這點小事我當然樂意為他做。

到了雅茅斯後，巴吉斯就趕着車走了。我進了一家小店吃飯兼等驛車，順便要來了幾張紙，給白葛迪寫了封報平安的信，末尾還特意把巴吉斯那句話加了上去。

一個侍應給我端來了飯菜，他說：「對一個小孩來說，這頓飯實在太豐盛了。讓我來幫你消滅它吧！我們來比比看誰吃得多！」

那當然是他吃得多，飯菜幾乎全給他吃完了。當他知道我是去倫敦上學時，告訴我說在那學校裏，有個學生被打斷了兩根肋骨。我聽後十分悲哀。臨走時我給了他一先令，作為答謝他對我的服務。

我要乘坐的長途驛車來了，客店老闆娘領我上驛車時，對趕車人喊：「他吃光了整份飯，小心他的肚子會撐破！」一路上，我這「大飯量」的孩子就成了全車人的笑柄，害得我不敢再進食。

第二天早上到了倫敦，學校的一位教師麥爾先生在車站等着接我。我告訴他我很餓，他就把我領到他母親住的布施庵堂吃了頓早飯，然後坐另一輛馬車去學校。

知識泉

布施庵堂：收容貧苦老婦人，免費為她們提供食宿的地方。

薩倫學堂是一所四方形的、簡陋的磚房，四周靜悄悄的，不見一個學生。聽麥爾先生說現在還是假期，校長還在海濱度假呢！我這才知道我之所以在假期被送過來，是因為我犯了錯誤！

在又亂又髒的教室裏，我看見講台上有塊厚紙板，上面寫着：當心，他會咬人！

我立刻爬上課桌，麥爾先生問我幹什麼，我説：「桌下有一條狗，會咬人。」

「不，大衞，」麥爾先生説，「那不是狗，那是一個學生。我奉命把這牌子掛在你背後，很抱歉我必須這樣做。」

從此，不論我走到哪裏，這塊牌子總是跟着我。這個恥辱的標誌帶給我多大的痛苦，傷害我有多深，這是誰也不知道的。

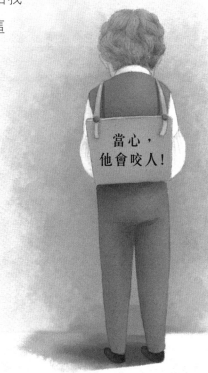

當心，他會咬人！

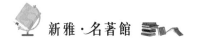
第五章 結交新友

　　新學期開始了，第一個回到學校的學生是特拉德，他對其他學生解釋我背後的牌子說：「這是一種遊戲！」這使我好過些。雖然有些學生仍把我當作一隻狗那樣拍打、撫弄，但總的來說，情況比我想像的好得多，這使我很感激特拉德。

　　直到一位名叫史蒂福的學生回校後，我才算正式加入了薩倫學堂。

　　我被同學領去見史蒂福。他長得高大漂亮，比我大六、七歲。同學們都說他有學問、有本事，大家都聽命於他，好像他才是學堂的領導人。

　　我像是去見一位法官。史蒂福詳細詢問了我掛牌受罰的情況後說：「這真是一種恥辱，讓人笑掉大牙。」但又安慰我說不必難過。從那時起，我就對他產生了好感，把他當作恩人。

　　他問我有多少錢，願不願意交給他保管。

　　我心甘情願地掏出了我所有的七個先令交給他。

他説要用這錢買些食物，在宿舍裏開個宴會，我同意了，儘管心裏有點捨不得。

那天晚上，同學們圍坐在我的牀邊，我們邊吃着用我的錢買來的杏仁餅和水果，邊開開心心地交談着。我的錢沒有白花，我知道了有關學校的許多事情——校長是個不學無術的人，最喜歡打學生，但對史蒂福這個富家子弟卻不敢動一根毫毛；兩位老師的薪金少得可憐；校長太太與丈夫是夫唱婦隨的，她最讚賞史蒂福等等。

晚宴結束時，我覺得自己和同學們之間的距離拉近了。黑夜裏幹出格事的樂趣和刺激，給我留下了深刻的印象。

史蒂福對我説：「晚安，大衞，我會好好照顧你的。」

「你真好，」我感激地回答，「謝謝你！」

開學第一天，校長克里古爾就接見了我。

他是個粗壯的漢子，臉相兇惡：「哦，你就是那個會咬人的孩子？我有幸認識你的繼父馬史通先生，他是個意志堅強的人，我了解他，他也了解我。你了解我嗎？」他一邊用啞嗓音説着，一邊殘忍地揪着我

的耳朵。

「不，先生。」我強忍着眼淚説。

「你很快就會了解我。」

一點不假，頭天上課，校長克里古爾先生就狠狠地用鞭子抽了我一頓。這並不是對我的特別「優待」，大多數學生都難以倖免，當然史蒂福除外。校長似乎有一種特別的嗜好，以鞭打學生為樂事，並滿足他的一種強烈慾望似的。可憐的特拉德挨鞭子最多，除了假日之外，他幾乎每天都挨打。受鞭打後，他總是緊緊地抱着頭，趴在桌上流淚。

史蒂福是個守信義的人，他處處保護我，所以沒有人敢欺侮我，我倆成了好朋友。但是有一天，發生了一件可怕的事。

知識泉

馬蜂窩：馬蜂是胡蜂的通稱，一種黃褐色的蜂類昆蟲，尾部有毒刺，能蜇人。馬蜂窩是馬蜂的巢房，一旦被捅，馬蜂會傾巢而出。這裏形容學生紛亂吵嚷的情景。

一個星期六下午，教室裏只有麥爾先生在管理秩序。學生們大吵大鬧，拚命叫着、笑着、唱着，到處亂跑，向麥爾先生扮鬼臉，嘲笑他那身寒酸的衣服和千瘡百孔的靴子。教室就像個被捅翻的馬蜂窩，當中就數史蒂福鬧得最起勁。

　　一直耐着性子、坐在前面看書的麥爾先生終於受不住了，他大吼一聲，站了起來：「安靜！請大家安靜！史蒂福，別再吵了！」

　　史蒂福回嘴說：「你憑什麼來教訓我？你這無恥的乞丐！」

　　麥爾先生的臉變得蒼白，這時校長先生出現在門口：「怎麼回事？」

　　「讓他自己說吧！如果他不是乞丐，至少他的一個近親是靠施捨過日子的。」史蒂福一臉輕蔑地說。

　　我的臉滾燙起來了，那是我無意中告訴過史蒂福，麥爾先生的母親住在布施庵堂裏的，想不到我崇拜的氣質非凡的史蒂福，竟當眾把這事說了出來。

　　結果是悲慘的——校長當場解僱了麥爾先生。麥爾先生離開教室時，平靜地說：「史蒂福，但願有一天，你會為今天的所作所為感到羞恥。」

　　可憐的麥爾先生，我對不起他！他待我和善慈祥，但我卻出賣了他，砸了他的飯碗！全班學生都為史蒂福喝彩叫好，只有特拉德為麥爾先生流了淚，因此他又被校長打了一頓。

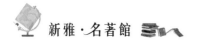

第六章 失去媽媽

　　學校的日子就這樣一天天過去。終於,學校放假了,我在雅茅斯坐上巴吉斯的馬車回到家裏。

　　我心中忐忑不安,不知道久別的媽媽和白葛迪是否安好,馬史通姊弟是否還那麼兇惡可怕。

　　下了車後,我迅速走進客廳。媽媽坐在火爐旁,抱着一個嬰兒輕輕地唱着歌。

　　我叫了她一聲。媽媽興奮地站起來,抱住我親吻我,又把我的頭放在她胸上,靠近那嬰孩:

　　「他是你的弟弟,大衞。我的心肝寶貝,我可憐的孩子!」她一次又一次地吻我,我感到一陣幸福的暈眩,恨不得就此死掉。

　　這時,白葛迪跑了進來,抱住我又是一陣轟炸式的親吻,瘋了足足有一刻鐘的功夫。

　　馬史通姊弟倆不在家,我們三人便在火爐邊吃晚飯,我們説説笑笑,好不快活。

　　我提到了巴吉斯的那句話「巴吉斯願意」,白葛

迪用圍裙蒙住漲紅的臉，笑個不停：「天哪，那個笨蛋想娶我呢！」

「那是件挺好的婚事呀！」我媽媽説。

「不，我才不嫁給他呢！」

媽媽傷感地説：「白葛迪，不要離開我，再陪陪我吧，不會耽誤你多久的。」

「我要離開你？不會的，打死我也不會的。」

我又把學校的事講給她們聽，我們又回到了舊日那美妙的時光。但是十點鐘後，門口響起了馬車聲，馬史通姊弟一進門就帶來了一股冷風，把剛才的溫暖像一根羽毛那樣給吹走了。

為了讓媽媽好過些，我主動向馬史通先生走去：「請你饒了我吧！我很後悔，不該做那樣的事。」

「很高興聽見你那麼説。」他向我伸出手，就是我咬過的那隻手，手上有一塊紅疤。

「假期有多長？」馬史通小姐問道。

「一個月。」我説。

「哦，那麼已經過了一天了！」她取過一張紙做了一個假期日曆，以後每天清晨，她就十分高興地在那上面劃掉一天。

　　這個假期的其餘日子過得並不愉快。愛我的媽媽和白葛迪不敢公開對我表示親熱，馬史通姊弟又不喜歡我。有一次，我抱起嬰兒，馬史通小姐見後差點暈了過去，從此再也不許我碰她「弟弟的孩子」了。於是我盡量躲在臥室或廚房避開他們，但馬史通先生就責怪我性格孤僻，我只好整天可憐巴巴地坐在客廳裏發呆。

　　假期就這麼沉悶地過去了。馬史通小姐從她做的假期日曆上得意洋洋地抬起頭來，說道：「這是最後的一天。」

　　巴吉斯把車子趕到門口，媽媽抱着嬰兒送我到門口，戀戀不捨地吻着我，背後傳來馬史通小姐的喊聲：「克拉拉！要堅定！」

　　我怎麼也沒想到，這次分離，竟是我和媽媽的永別！回到學堂兩個月以後，有一天，校長把我叫去，說我的母親因病去世了。我痛哭起來，第二天就動身回家。

　　白葛迪在大門口接我，把我帶進屋去。她走路輕輕的，說話也盡量壓低聲音，好像生怕驚擾了死者。葬禮之前，她一直陪着我母親。

出殯之後，白葛迪走進我的臥室，對我說：「自從你走了以後，你媽就一直沒有好過。她心神恍惚，悶悶不樂。生了小孩之後她更虛弱了，她變得越來越膽小、怯弱，一句嚴厲的話也會令她心驚膽戰上半天。我聽她對嬰兒唱歌的聲音，就覺得她的聲音就好像飄在空中一樣，越飄越遠……」

母親就像一朵嬌嫩的溫室花朵，硬被馬史通姊弟移到寒風凜冽的室外，自然經受不住，很快就萎頓凋謝了，而那小嬰兒只比她多活了一天。母親臨終時，白葛迪守在她身邊，她的頭枕着白葛迪的胳膊，像一個孩子進入夢鄉那樣安靜地死去了。

我的母親永遠永遠地消失了！自從「馬史通」這個姓氏介入我的家庭後，噩運便接連不斷地到來！我可憐的母親！

∽ 第七章 保姆結婚 ∽

　　母親的葬禮過後不久，馬史通小姐就通知白葛迪說，他們已不再需要她了。白葛迪自然也不願意伺候他們，只是為了我而沒走。現在他們既然已下了**逐客令**[①]，她就打算先到雅茅斯她哥哥那兒去住一陣子。

　　我因母親的死而神情恍惚，馬史通先生也很悲哀，但他一見到我，雙眼就射出憎恨的目光。既然他那麼討厭我，白葛迪就叫我也跟她到雅茅斯去住幾天。馬史通小姐為了照顧她弟弟的情緒也同意了。

　　那天是巴吉斯來接我們走。一路上他待白葛迪彬彬有禮，卻很少開口說話。快到目的地時，他悄悄把我拉到一邊：「還記得嗎？『巴吉斯願意！』謝謝你，事情很順利！你是我的好朋友！」

　　當我和白葛迪沿街走去時，她問我：「大衞，假如我……結婚的話，你看怎麼樣？」

　　「你還會和以前一樣疼我嗎？」

[①] **逐客令**：把客人趕走。

　　這句話惹得白葛迪當街就擁吻我，以表示她對我的疼愛不變，還發誓做保證呢！

　　我又說：「和巴吉斯先生結婚？那是件好事。你嫁了他，你就有馬和車了，還可以經常來看我呢！」

　　「你這小乖乖多懂事！」白葛迪喊着說，「我也是這麼想的。我可以更自由了，我還可以經常到你媽媽的墳地去看看……」

　　白葛迪先生的家大致和以前一樣，但卻很少見到艾美。她已上學，要做很多功課和家務，所以不能陪我去海灘了。她的眼睛似乎更藍了，有酒窩的臉上光彩照人。她見到我就笑着逃走，也不讓我親吻她的臉頰──她已長大了，不再是從前那個不懂事的女孩。

　　事實上，小艾美被他們寵壞了。只要她把小臉蛋靠在白葛迪先生那亂蓬蓬的鬍子上，那她叫白葛迪先生幹什麼，他就會幹什麼。她天性溫柔敦厚，感情真摯，當他們提到我的不幸遭遇時，她眼淚汪汪地望着我，使我十分感動。

　　巴吉斯每天晚上都要來一次，每次都會給白葛迪留下一樣東西。他的愛情禮物名目繁多──水果呀、一隻小鳥呀、一塊醃肉呀、一副骨牌等等，都是些稀

奇古怪的東西。他也曾帶白葛迪出去散步，回來時白葛迪總是神采飛揚，咯咯地笑個不停。

終於有一天，巴吉斯駕起馬車，帶着白葛迪、艾美和我出去郊遊。車停在一座教堂門口，他和白葛迪走了進去，把我和艾美留在車上。當他們從教堂出來後，巴吉斯先生喜氣洋洋地對我說：「哈哈，現在她的名字是克拉娜·巴吉斯了！」

原來，他倆已在教堂裏舉行了婚禮！

那天晚上我們回到船屋，白葛迪跟她丈夫快快活活地趕回他們的家。那時我第一次覺得我失去了白葛迪，心中有一種淒涼的失落感。白葛迪先生和漢姆待我特別親切和殷勤，這使我稍微好過些。

第二天早上，白葛迪照常在窗下叫我，領我去她那美麗的小家，說是為我永遠保留着一個小房間，盼着我來住。

當天，她和巴吉斯先生趕車送我回家。送到柵欄門那兒，我們就意重情長、難捨難分地告別了。眼看着馬車載着白葛迪走遠，從此這房子裏再也沒有人用愛我的目光看我，也沒有人再向我噓寒問暖了。我會是多麼孤獨和寂寞！我是一個沒人理會的孤兒了！

第八章　自食其力

我生命中最黑暗的時期開始了。

馬史通姊弟恨我，他們雖然沒有虐待我，但卻完全忽視我，好像我根本不存在似的。於是我每天以小說書為伴，只有在白葛迪每星期一次來看望我時，才帶給我短暫的歡樂。

一天，我鼓足勇氣問馬史通小姐，什麼時候可以回到學校去，但她回答說我不用再去學校了。

馬史通先生說：「對於年青人，這是一個行動的世界，不能遊手好閒。何況學費又太貴，你已經受過不少教育了，越早走向社會越好。」

過了幾天，一個名叫昆寧的先生來我家，馬史通先生把我交給他，說我將在他的公司工作。

我，一個孤苦伶仃、無依無靠的十歲小孩，就這樣踏進了社會，開始了自食其力的生活。

昆寧先生和馬史通先生擁有一家合營公司，它的業務主要是買賣廉價酒。而我的工作，就是要整日在

棧房的一個角落裏，洗刷那些堆積如山的空酒瓶，和我一起幹活的還有兩個骯髒古怪的小孩。我幹活時一點也不能偷懶，因為昆寧先生從他的辦公室裏就可以望見我。這是一所破舊的老房子，無數碩大的老鼠在各個齷齪①的房間裏跑來跑去。

① 齷齪：不乾淨、骯髒。粵音握促。

　　昆寧先生把我介紹給米考伯先生作房客，我就在他家的一個小房間裏安頓了下來。

　　米考伯夫婦有四個孩子，這是一個奇怪而有趣的家庭。

　　米考伯先生是個肥胖的中年人，衣衫襤褸，卻永遠戴着襯衣硬領，拿着一根漂亮的手杖，待人彬彬有禮，頗有上流社會人士的風度。

　　據米考伯太太講，以前他們家很闊綽，但現在潦倒不堪，「米考伯先生有大才能，可恨的是那些債主不肯給他時間！」

　　時時有債主或稅務人員上門逼他們還債或交稅，但這對夫婦是天生的樂天派。

　　有一天，米考伯先生被兇神惡煞的債主百般辱罵，羞愧得幾乎要用剃刀自殺；但不到半小時，他又擦亮了靴子，哼着歌兒，像個紳士般出門了。

　　米考伯太太也有同樣的本事，三點鐘她被稅務官逼得暈過去，四點鐘卻又去典當了家裏的兩把茶匙，買回炸羊排和麥酒吃喝起來了，真是一對活寶！

　　我在棧房的工作每星期只能領到七先令的工錢，這是非常不夠用的，所以要用得十分省儉。通常我早

知識泉

便士：英國輔幣名稱，新制的一百便士等於一英鎊，舊制的十二便士為一先令，二十先令為一鎊。

餐只吃一便士麵包和一便士牛奶；午飯不吃，或只吃一個布丁，晚飯是一小片麵包和乾酪。

在這些生活艱難的日子裏，我與房東一家倒建立了深厚的友誼。在最困難的日子裏，債主們監視着這所房子，米考伯夫婦不得不變賣家庭物品來換取食物，我就幫他們把書籍、銀器等偷偷拿出去，把賣得的錢帶回來。

可這樣的日子沒能維持多久，米考伯先生一家因欠債而入獄，家裏的家具都被搬走了。我就在監獄附近租了間房子住，天天去監獄和他們一起共度黃昏。

他們出獄後，在我那兒住了段日子，然後動身去普利茅斯。臨走前，我和他們共進晚餐，米考伯先生唱了歌、跳了舞，他還一直樂觀地期待着時來運轉。

米考伯一家走後，我也不願再在那黑暗的棧房裏幹下去了，我厭倦了這種困苦而且沒有希望的日子，我希望再有讀書的機會。於是，我決定逃走。可是，我可以去哪兒呢？我想起了貝西姨婆，於是決定去投奔我在這世上的惟一的親人。

第九章 投奔姨婆

　　還在童年時，我就多次從母親和白葛迪嘴裏聽說過，當年姨婆如何威風凜凜地闖入我家想要一個女孩，但得知生下的是男孩後，她就不辭而別。

　　母親對貝西姨婆的恐懼感傳給了我，我很怕去找她，擔心她不會歡迎我，但我又沒有其他的路可走。惟一給我一些鼓勵的是，母親説過，當年在她傷心哭泣的時候，姨婆曾撫摸過她的頭髮，由此想來，姨婆是個有感情的人。

　　我收拾好衣箱上路了。可是當我剛把衣箱放上一輛馬車，掏出錢包準備付車費時，那年輕車夫卻一把搶過我的錢包，飛快地駕着馬車逃跑了。我失去了所有的錢和衣物，一無所有，只得徒步走向多維爾。

> **知識泉**
>
> 多維爾：又譯為「多佛爾」，位於英國東南海岸上的港口，離倫敦約一百公里。

　　天知道這五天我是怎麼過來的。我不得不賣掉我的外衣來換取食物，實在沒有東西可變賣後，我就吃

野果充飢，晚上借宿在乾草堆上或者人家的門沿下。走呀走呀，不知走了多少路，又餓又渴，又累又倦，最後出現在姨婆那整潔的小屋面前時，我的鞋底已一片片脱落，從頭到腳風塵僕僕、又黑又髒，就像個小乞丐。

　　一個女人在屋前的花園裏忙碌着，我一看便猜到她就是貝西姨婆。

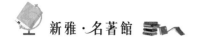

我剛走近，她就叫道：「滾開，這裏不准男孩來！」

我鼓足勇氣走上前去：「對不起，姨婆！我是你外甥的兒子大衛・科波菲爾。我媽死了，我過得很不好，千辛萬苦才來到你這兒的。」我説着忍不住大哭了起來。

姨婆急急忙忙把我帶進客廳，對傭人説：「快去請狄克先生下來。」

姨婆是個高高的、嚴厲的女人，長得很好看。她的聲音、步姿、動作都帶有一種剛強的氣質，令人敬畏。狄克先生長得肥胖高大，白髮紅顏，但是看上去好像神經有些不正常，時時愛咬自己的手指甲。後來我才知道，他是個善心又聰明的人，所以姨婆事事要聽取他的意見。

「狄克，我們該怎樣處置大衛・科波菲爾？」

狄克先生茫然地看着我，然後説道：「把他洗乾淨！」

於是，姨婆吩咐女傭珍妮備水給我洗了澡。

接着，我們吃了一頓豐盛的晚飯。飯後，我把家裏發生的一切事情都給姨婆講了，她聽得很仔細。之

後，她給馬史通先生寫了封信。

幾天以後，馬史通姊弟倆來了。

「貝西小姐，這個**晦氣**^①的孩子，一直是我們家庭糾紛和不安的原因。他性格怪僻，不聽管教，我和姊姊多次想改正他暴烈的壞脾氣，但是不成功……」馬史通先生坐定後説道。

「舍弟的話完全正確，他是世上最壞的孩子！」馬史通小姐插嘴説。

「你們説得太過分了！」姨婆立刻説。

「一點也不！我給他安排了一份很好的工作，可是他逃走了，跑到這兒來訴苦。現在我要把他帶回去好好管教！」

「你想走嗎？大衞？」姨婆問我。

「不！」我叫了起來，「他們從不喜歡我，待我一點也不好。他們使我媽媽痛苦極了！求求你，姨婆！請照顧我，保護我！」

「狄克先生，我該怎樣處置這個孩子呢？」

狄克先生思索了很久，然後面露喜色地説：「我

---

① **晦氣**：不吉利、倒霉。

想，該給他買幾套衣服。」

「那好！」姨婆説，「馬史通先生，你們可以走了，我要收養這個孩子。你們剛才説的話我是一個字也不相信的！你們倆是如何殘酷地折磨克拉拉和她的兒子，我非常清楚。滾吧！」

馬史通姊弟啞口無言，憤憤地離開了。

我發狂般吻着我的姨婆，並同可愛的狄克先生一次次熱烈地握手！

「從今以後，我要叫你大衞・特洛烏德・科波菲爾。」姨婆微笑着説。

新的名字象徵着我的新生活開始了，以往的痛苦和不幸都遠遠地離我而去了！

第十章 新的開始

在姨婆家的新生活過得平靜又愉快。

我和狄克先生很快就成了好朋友,他每天工作完就帶我去放一隻六尺長的大風箏。他的工作是寫一篇有關他一生經歷的呈文,説是要呈交給大法官、司法大臣,或是別的什麼大臣。但他總是控制不住要把國王查理一世寫進呈文,這樣一來他就得從頭寫起。

日復一日,他的呈文毫無進展,看來這呈文永無完成的一天。他把**流產**①的呈文糊在風箏上,當風箏高高飛在天空中時,他顯得那樣平和、安祥,彷彿通過風箏,他把自己的紛亂思緒也送走了。

知識泉

呈文:舊時的一種公文,下級對上級用。

查理一世:英國斯圖亞特王朝的國王,1625年即位後對抗國會,壓迫清教徒,打擊新興工商業,引起資產階級革命。1642年發動內戰,兩次戰敗,1649年後被國會判處死刑。

① **流產**:比喻事情在醞釀或進行中遭到挫折而不能實現。

而當風箏落到地面時，他似乎從夢中驚醒過來，那副黯然失色的神態，使我也禁不住為他感到悲傷。

可幸的是，姨婆非常喜歡我，待我很好，她還把我的名字「特洛烏德」縮短到稱我為「特洛」，以示親呢。

知識泉

坎特伯雷：英國古城，以古老莊嚴的大教堂著稱，中古時一年四季都有教徒前去朝謁大主教之墓。它是從倫敦往多維爾的必經之路。

一天，姨婆終於提到了我最關心的上學問題：「特洛，我想你應該再去上學了。你願意去坎特伯雷讀書嗎？」

「我願意！」我高興地回答。

姨婆做事從來都是速戰速決的，所以第二天早上她就帶我上路了。狄克先生為我的離開表現得十分難過，臨分別時執意要把他的所有積蓄——一共十先令，統統塞給我。

兩個小時以後，我們的馬車停在一所古老的住宅面前。姨婆帶我先去見見她的財產代理人——律師威克菲爾先生。開門的是一個十五歲的青年，臉色蒼白，瘦骨嶙峋，生有一對紅褐色的眼睛，他叫尤利亞·希普。

威克先生是一位頭髮灰白的和善的紳士，姨婆

向他説明了來意，要他幫我找一所好學校和寄宿的地方。威克先生就帶姨婆出去，讓她親眼看看那所他認為是最好的學校，並挑選了一個住宿的地方。

我坐在客廳裏等他們回來，希普坐在走廊盡頭的一間小房間裏抄文件。我發現他那兩顆像紅太陽似的眼珠不斷偷偷地溜過來，上上下下打量着我，使我渾身感到不舒服。

謝天謝地，姨婆和威克先生終於回來了！他們決定讓我進坎特伯雷學校，但是姨婆對幾處宿舍都不滿意，所以威克先生建議我暫時寄住在他的家。姨婆當然非常滿意這樣的安排。

「那就來見見我的小管家吧！」威克先生領我們上樓，來到一個布置得十分精美的古老客廳。一個年紀和我相若的女孩走出來吻了吻威克先生，她的臉恬靜甜美，在她身上有一種安祥、幽雅、嫻靜的神態，有一種説不出的美好感覺，深深撼動了我的心，令我難以忘懷。

「這就是我的小管家，我的女兒安格妮。」威克先生驕傲地説，並緊握着她的手。

安格妮的腰上掛着一個精緻的小籃子，裏面放着

鑰匙，她是那樣端莊穩重、精明細心，正是這樣一所古老住宅所需要的管家。她有禮貌地向我們問候，隨後帶我們參觀了樓上各處和我的房間，態度親切。

姨婆急於在天黑之前趕回家去，臨走前她囑咐我說：「別不成器呀，要為我和狄克先生爭氣！不管做什麼事，決不要說謊，決不要虛偽，決不要殘忍！這是我對你的最大期望！」

她匆匆忙忙地吻了我一下，就轉身走出房間，呼地一聲帶上了門。我以為她在生我的氣，但是當我從窗口向下望時，看見她滿臉愁容、非常難過地坐上了馬車。啊，我明白了！原來姨婆是假裝生氣，藉以掩飾她依依不捨的難過心情。

這天晚上，我和威克菲爾先生及安格妮共進晚餐，氣氛十分愉快。飯後，安格妮唱了幾首動聽的歌，然後吻了她父親，道過晚安，就回房睡了。

我去外面散步回來時，看見尤利亞·希普正在鎖上辦公室的門，我主動跟他打招呼，還伸出手去和他握了握手。天哪！他的手怎麼冷冰冰、滑潺潺，就跟泥鰍一樣！事後我使勁揉搓我的手，想擦掉那涼透心的感覺。

第十一章　學校生活

　　第二天上午，我隨威克菲爾先生來到新的學校。學校位於一個大廣場之中，校舍顯得莊嚴肅穆。威克先生把我介紹給校長斯特朗博士認識，他是一位樸實穩重、不修邊幅的老先生，頭髮留得很長，衣衫既不乾淨也穿得不整齊。有一位漂亮的年輕女郎在他旁邊工作，我本來以為這是他的女兒，後來才知是他新婚不久的妻子。

　　斯特朗博士帶我們去教室，教室又大又明亮，二十幾個學生在專心讀書。見我們進來，學生們都站起來問好。

　　「來了一位新同學，他叫大衞‧特洛烏德‧科波菲爾，好好照顧他！」博士溫和地説。

　　班長艾登走出來歡迎我，並把我帶到座位上去。

　　我在這羣彬彬有禮的學生中覺得很不自在，一來是我離開學校已有一段時間，對於同齡的孩子產生了一種陌生感；二來是他們所玩的遊戲和一切習俗我都

不會、不懂，相處時很不自然。

最使我擔心的是：假如他們知道了我曾經和米考伯一家這樣的人一起生活過，或者他們見過我衣衫襤褸、飢寒交迫地從倫敦走到多維爾的狼狽樣子，他們會對我怎麼想呢？

所以，初期我的學校生活很不愉快。我害怕周圍的同學，自卑感困擾着我，使我整日**如坐針氈**[①]。每當放學鈴敲響，我就趕快逃了出去。一回到威克菲爾先生的家，我的一切恐懼和不安立刻煙消雲散。

我獨自坐在我那漂亮的房間裏讀書，直到晚飯時分才下樓去。晚飯後，安格妮照例端酒給她父親喝，她就坐在一邊唱歌給他聽。唱完後，她挨着她父親坐下，與他閒聊。這父女倆就是這樣朝夕廝守，相依為命。

而我就在旁邊讀書做功課，安格妮也常過來翻翻我的書本，檢查我的作業，幫我解決疑難。她總是那樣婉靜文淑，討人喜歡。我簡直覺得，有安格妮在的地方，那裏就一定會有仁慈及和平，忠實和真誠。

[①] **如坐針氈**：像是坐在插了針的氈子上一樣。比喻心神不安。

斯特朗博士的學校從各方面來看，都稱得上是一所十分標準、優秀的學校——環境幽美，設備齊全；教師全是有學問的人，對學生諄諄善誘，誨人不倦。學生敬仰老師，老師也信任學生。所有人都知道自己有責任愛護學校，為她添光。這與以前那克里古爾先生的學校是大不相同的。

斯特朗博士是一位品格高尚、勤於治學的敦厚學者。聽説他正在埋頭寫一本偉大的著作，他寫得十分認真專注，為每句話**旁徵博引**[①]，力求做得十全十美，所以進展如蝸牛爬一樣慢得可憐！據擅長數學的艾登估計，到這部巨著問世，還需一千六百四十九年零九十九日！

這位典型的老好人對窮人非常仁慈，平生軼事不勝枚舉。

有一次他把自己禦寒的外套送給了一個上門乞討的窮女人，想不到那老女人卻是個酒鬼，馬上就把斯特朗博士的外套拿去賣掉，換錢買了酒來喝。

過了幾天，博士在一家寄售店裏見到自己的外

[①] **旁徵博引**：為了表示論證充足而大量引用材料作為依據、例證。

套，竟又花了一筆錢把它買了回來，卻全然不知道這外套本來就是他自己的！

在這期間，我收過白葛迪的一封來信，說馬史通姊弟倆到外地去了，老家的房子已被他們鎖了起來。她又說巴吉斯是一位好丈夫，但對錢財問題卻過於吝嗇。還有白葛迪先生一家都很好……

姨婆來看過我好幾次——總是在出人意表的時刻突然出現。我想她大概是想給我來個冷不防，看看我是否在躲懶貪玩。但是很僥倖，每次她來的時候都見到我在忙於做功課，所以她不久就停止了這種突擊式的探查訪問。

我每隔三、四個星期就回多維爾一次，狄克先生則是每個星期三就來學校看望我。

在狄克先生的生命史上，這些星期三是他最值得回味的歡樂日子。全校的同學很快就和他混熟了，大家喜歡他的天真滑稽樣，都成了他的好朋友。

他雖然不參加孩子們的遊戲，但卻饒有趣味地在旁邊欣賞孩子們玩，有時更和孩子們一起忘形地高聲歡叫着。

他用彩紙給孩子們摺各式各樣的小玩意兒，他還

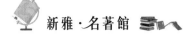

會把水果雕成各種形狀，把敗葉枯草編織成小車小船
等等精巧的物件。

　　他十分尊敬斯特朗博士，每當博士對他說話時，
他總是摘下帽子站立恭聽。博士常常把自己著作中的
一些段落唸給他聽，狄克先生總是興奮得臉放紅光，
聽得十分投入，但我可以肯定，他一個字也沒聽懂！

第十二章　希普母子

　　一天晚飯後，威克先生回房去了，我看見他的辦公室還亮着燈，便走進去看看誰在那兒。原來是尤利亞‧希普坐在桌旁，煞有介事地在讀一本很厚的書。

　　「這麼晚了，你還在工作嗎？」我説道。

　　「我是在學習法律吶，科波菲爾少爺。」

　　我凝望了他一會兒，説道：「我想，你是一位大律師吧？」

　　「哪能呢？我是一個很卑賤的人，我母親也是個很卑賤的人。我們住在一間卑賤的屋子裏。我父親的工作也十分卑賤，他是個教堂的**司事**①。」

　　「他現在在哪兒呢？」我好奇地問道。

　　「他已經脱離苦海，到天堂去了。」尤利亞説，「但是感謝天主，我能跟着威克菲爾先生學習，我希望將來能成為一個律師。」

---

① **司事**：管理雜務的人。

「這麼說，你以後會和威克先生合夥，那就會成為威克菲爾——希普法律事務所啦！」

「啊，哪能呢？科波菲爾少爺，」尤利亞謙卑地說，「我是不配和威克先生合夥的，我太卑賤了——啊，您的姨婆是位多麼和藹可親的貴婦人呀！」

尤利亞有一個怪毛病：當他花言巧語地稱讚某人時，總是把身子扭來扭去的，好像是棵迎風搖擺的垂柳，那醜樣子真叫人噁心。

「您的姨婆對安格妮小姐十分讚賞呢！您對她肯定也是同樣讚賞的吧？」他**目光灼灼**[1]地說。

「肯定是人人都會讚賞她的。」我說。

「謝謝您那麼說，您說得太對了！」他興奮得又把身子扭來扭去，好像把自己打成了一個結，「我要回家了，母親在等我呢！如果您肯抽空來我們那卑賤的住所看看，我母親一定會覺得十分光彩的。」

我說有機會我一定樂意去。

「也許您會在這兒住些日子吧？說不定您會接管威克先生的事務呢？」他忽然問道。

---

[1] **目光灼灼**：灼灼，明亮。形容用發亮的雙眼盯着人看，有逼人之感。

「不，我絲毫沒有那念頭。」我回答說。

出門前他跟我握手道別，他的手仍是又冷又滑，好像一條魚似的。那天晚上，我夢見他的手真的變成了一條魚！

一天傍晚，我在街上碰見尤利亞。

「您答應過我，會來我家喝茶，但是我真不敢希望您能守約，因為我們實在是太卑賤了。」他結結巴巴地說道。

我說不上是喜歡他還是討厭他，但出於禮貌，我爽快地說願意到他家去喝茶。尤利亞高興得全身扭來扭去。他帶我走進一間低矮的臭氣薰人的小房間。我見到了尤利亞的母親希普太太，她長得跟尤利亞很像，只是稍微矮了點。她十分謙卑地接待了我。

「今天真是個好日子，我們的主子科波菲爾少爺竟能大駕光臨！尤利亞原本擔心我們的卑賤會妨礙您來訪問我們。我們是卑賤的，過去卑賤，將來也永遠卑賤。」

「我相信，你們不會是如此卑賤的。」我像是在為他們解嘲。

言談間，我發覺希普太太逐漸靠近我，尤利亞也

坐到了我的對面。他們把所有自以為最好的食品擺出來招待我之後，便談起了他們的姨婆，於是我也談起了我的姨婆；他們談起了他們的父母，於是我也說了我已過世的父母的事。

說着說着，我忽然想起姨婆曾經叮嚀我，不要對別人談這些事。但他們母子倆言詞鋒利，咄咄逼人，我哪是他們的對手啊！

他們又談起了威克菲爾先生和安格妮——威克先生的業務範圍有多大呀、晚飯後有什麼消遣呀、為什麼喝那麼多酒呀，等等。我完全招架不住，不知不覺地把各種各樣不該說的事情，竟一五一十地全都告訴了他們，這真是一次可怕的茶點聚會！

我正想脫身時，忽然看見街上走過一個人，這人也從敞開的房門看到了我，叫道：

「科波菲爾！是你呀，真太巧了！」

來人竟是米考伯先生，我的**忘年之交**[①]！我不得不把他介紹給希普母子。為了儘快離開這個鬼地方，我就說要隨他去看看米考伯太太。

[①] **忘年之交**：年歲差別大、輩分不同但有交情的朋友。

　　米考伯先生和太太住在一家小旅館裏。米考伯太太見到我十分高興，她告訴我，他們來這裏本來是希望幾位親戚能幫米考伯先生找份工作，但是誰也不理會他們，所以現在只好設法籌些路費回老家倫敦去。他們熱情地邀請我第二天去吃晚飯，使我沒法拒絕。

　　那天晚上，我看見米考伯先生和尤利亞・希普手挽着手在街上走過，那親昵的樣子叫我看了感到惡心。第二天去吃晚飯時，米考伯先生跟我談起尤利亞，説他是個大有作為的青年。

　　米考伯太太安排了一頓很精美的晚餐。米考伯先生心情很好，吃了很多，又扯開嗓子唱了好多首歌，我從沒看見過世界上有誰能比他更歡樂了。

　　可是第二天清早，我收到了米考伯先生叫人送來的一封信，説是他太太的娘家不肯借錢給他們，他無力償還所有的債務，又將被投入監獄，於是寫此信與我**訣別**[1]！這封悲痛欲絕的信使我大為震驚，我急急趕去那小旅館，看看能否幫上點忙。

　　誰知在半路上，見到米考伯夫婦倆坐在開往倫敦

---

[1] **訣別**：多指不易再見面的離別。

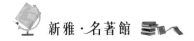

的驛車上，一邊高聲談笑，一邊津津有味地吃着紙袋
裏的糖果。這是什麼回事？看來他們一切都好，正返
回倫敦，我心頭的大石落了地。説實話，這對夫婦的
行為雖然怪異，但我還是非常喜歡他們的。

第十三章 出門旅行

斯特朗博士學校裏的學習生活快要結束了，我已成為一個十七歲的青年，學習成績已升為全班第一。在這小小的天地裏，我地位顯著，頗有些名氣，所以一想到要離開這兒，不免有些惆悵。但另一方面，作為一個青春煥發的年青人，將走向社會，自力更生，那也令我很興奮。

安格妮也長大了，她那平和、善良、克己的精神使她成為我最好的朋友和顧問。我常在心中稱她為我的親妹妹，我的一切喜怒哀樂都習慣於向她傾訴。

對於我應當從事的職業，姨婆和我鄭重其事地談過很多次，但毫無結果，連狄克先生也拿不出好主意來。我沒有對哪個行業特別感興趣，只想找一份不必耗費姨婆太多錢的工作，最後，姨婆說：「大衞，既然這個複雜的問題一下子解決不了，我想你應該去一次旅行，見見世面，冷靜地考慮一下。你要用一種新的觀點，而不是學生的觀點來選擇職業。」

　　這提議正合我心意，我決定去雅茅斯探望白葛迪兄妹。

　　臨走時，我去了坎特伯雷一趟，向安格妮和她父親告別。

　　威克先生出去了，只有安格妮一個人在家。我跟安格妮無拘無束地聊了很久，記得當時我還像個大哥哥一樣，跟她談起了婚姻大事。

　　「使我奇怪的是，你至今還沒有認真去愛上一個人，」我說，「不過，我所認識的人當中，沒有一個配得上你。假如有一天你是認真地愛上了一個人，你一定會告訴我的，是嗎？」

　　安格妮的臉紅了，她轉換了話題：「大衛，你覺得近來我父親有什麼變化嗎？」

　　我老實告訴她，威克先生酗酒太厲害，經常會神智不清、雙手顫抖，這使他日益感到自己無能，不能勝任工作；但他又不甘心如此，所以內心不安，越來越憔悴和虛弱，我親眼見過他像個孩子似地伏在書桌上痛哭。

　　「每當他如此不正常的時候，總是尤利亞來找他辦事。這個卑鄙奸詐的尤利亞！」安格妮歎道。

尤利亞巴不得我早日離開，他熱心地幫我收拾東西運回多維爾。

姨婆給我準備了一大筆錢上路。經過幾天的旅途勞頓，我來到了倫敦，住在一家旅館裏。

當天晚上，我去劇院看了一齣戲。回到旅館正準備上樓時，看見一個年青瀟灑的男子走了進來，我立刻認出了他：

「史蒂福，你不認識我了？」

「天哪，是小科波菲爾！」我們熱烈地握手，童年時期對他依戀崇敬之情又回到了我心中。

他現在是牛津的大學生了，但是他不喜歡學習，「簡直要被無聊的書和演講壓死了。」他說。

他正要回倫敦郊區老家去看母親，便邀請我同去小住幾天，我高興地答應了。

史蒂福的家是一幢古老的磚房，寧靜而整潔。一位年長的夫人在門口迎接我們，這是史蒂福的母親，她的態度威嚴，甚至有些傲慢。

史蒂福的家很舒適，我在這裏住了一星期。史蒂福的貼身男僕利提摩也服侍我，他是個沉默寡言、舉止安祥的人，對主人畢恭畢敬，善於察顏觀色，是個

典型的體面的忠僕。史蒂福幹什麼事都離不開他。

　　史蒂福老太太對她兒子十分疼愛，甚至可以說是愛得過火了點。好像除了兒子這個話題之外，她就沒什麼可談，沒什麼可想了。她給我看珍藏着史蒂福嬰兒像和頭髮的小盒，又拿出史蒂福寫回來的所有信件，本還想讀給我聽，但是被她兒子阻止了。

　　我對史蒂福談起白葛迪先生一家和那船屋的事，並邀請他和我一起去那裏玩幾天。

　　史蒂福說：「好吧，就去一趟看看吧！」

　　我一個人先去了保姆白葛迪的家。白葛迪正在廚房裏做飯，當她認出是我後，大叫一聲撲了過來：「天哪，我的心肝寶貝！長這麼大了！」

　　我們緊緊抱在一起，又哭又笑，又親又吻。

　　她帶我上樓去看巴吉斯，他得了風濕病，要躺在牀上。他見到我很高興，告訴我說白葛迪是世界上最好、最有用的女人。當他說話時，他用靠在牀邊的手杖敲敲放在牀下的一個箱子，發現它依然在那兒，便放心了。巴吉斯說：「這裏都是些舊衣服，我真希望它們都是錢呢！」

　　後來白葛迪告訴我，那是巴吉斯藏錢的箱子，

每當他要開箱取錢用，便把別人支使開去。今天也是這樣，為了請我們吃一頓飯，他先叫我們出去，然後忍着渾身疼痛，爬起來開箱取出一個基尼，再裝作剛從枕頭下掏出錢來交給白葛迪。他

知識泉

基尼：英國舊幣，一基尼為二十一先令。基尼是首款以機器鑄造的金幣，始造於十七世紀，1813年停鑄，改以金鎊代替，但仍用作計算單位。

覺得能保住錢箱的秘密，那份滿足心情足以補償肉體上的痛苦。

史蒂福隨後來到。他那討人喜歡的本領一下子就征服了白葛迪。他像陽光一樣走進巴吉斯的房間，對病人體貼入微、細心關懷。他是這樣的文雅、得體，使巴吉斯夫婦都很喜歡他。

晚上，我領史蒂福走向白葛迪先生的船屋。

我們進去時，全屋人都興高采烈的，好像正在慶賀什麼事。白葛迪先生一見到我們就更高興了，說：「哈，真是妙極了！你們正好來到，今晚是個最歡樂的夜晚，因為剛才漢姆向小艾美求婚，而且她已經答允了！」

艾美羞紅了臉，越發顯得美麗。漢姆則是一副狂喜和幸福的神態，我的心被深深感動了。

這時史蒂福開口了，他説得非常得體：「白葛迪先生，你是個大好人，有權享受你今晚得到的歡樂。漢姆，我祝你快樂！」

我們坐在壁爐邊閒聊，史蒂福很快就成為大家注意的中心。他對小艾美談起小船、大艇、魚兒之類的事，又告訴他們他和我在薩倫學堂的生活。小艾美留心地聽着，不時發出銀鈴般的笑聲，整個晚上她的目光都盯在史蒂福身上。

半夜我們告辭出來。史蒂福挽着我的胳臂，説：「小艾美真是一個迷人的小美人！那個漢姆很蠢，配不上她！」

我吃了一驚：「你是有資格嘲笑窮人的，但是，你也要尊重小艾美的決定啊！而且你剛才不是已經表示過贊同嗎？」

史蒂福停下來望着我的臉説：「大衞，我相信你是誠實的、善良的，但願我們都是！」

我們在雅茅斯住了近三個星期。我不忍拂白葛迪的意思，就住在她為我留了七年的小卧室裏。我們曾和白葛迪先生一起乘船出海。

　　我和史蒂福見面不多，聽說他白天黑夜都留在海上，以滿足他那好動的性格和冒險精神。我就把時間都花在拜訪老朋友和重遊故地上了，我去看了我的老家住宅，那裏已是一片荒蕪。

　　臨離開時，史蒂福告訴我，他買了一條小船，已把男傭利提摩叫來這裏，要他請人把船油漆一下。他還為這條船取了個新名字——小艾美。

～ 第十四章　選定職業 ～

第二天早餐時，我收到了姨婆的信，她建議我選擇代訴人這個職業。我立即坐車回城。

姨婆在倫敦等我，與我作了一次長談。她溫和而親切，說如今她惟一的人生目標，就是要使我成為一個善良、懂事、快樂的人；她甚至說到她自己也許不該為我那沒出世的姊姊而一直對我存在偏見，並一度放棄了對我的愛護，為此她深感歉意。聽了這些話，我更加喜歡和尊敬姨婆了。

姨婆把我安排到倫敦的斯本羅——喬金思律師事務所工作，在那裏學習成為代訴人。使我不安的是，姨婆因此為我付出了一千英鎊的學費！這是很大的一筆錢，但姨婆堅決不准我考慮錢的問題。

次日，我們動身去博士院中的斯本羅事務所，我受到了客氣的接待。斯本羅先生是一位矮胖的紳士，

他與我講定試用期為一個月，然後帶領我參觀博士公堂的法庭。

在一個高高的馬蹄形鐵桌兩邊，坐滿了帶假髮的紅袍紳士，在馬蹄形的彎處坐着一個半閉着眼睛的老頭，聽説他就是審判長呢！有一個紅袍紳士正引經據典地發表着什麼演講。這個安逸又僻靜的地方有着一種神秘氣氛，使我很滿意。

姨婆還在事務所附近，為我租了一套體面又精緻的律師公寓。我終於擁有了一套新的、完全屬於自己的寓所了！姨婆還給我留下很多錢作零用。

姨婆走後第三天，史蒂福根據我留在他家的地址找來了，他對我的住所大加讚賞。我高興得飄飄然，執意要請他和他的兩個大學同學一同來晚餐，慶賀我的喬遷之喜。

我很辛苦地去採購了大量食品和酒，又請來臨時工人幫忙。這是一頓豐盛的晚餐，也是一次真正的狂歡！我們瘋狂地喝酒、吸鼻煙、抽香煙，我們越來越

興奮，最後還一起去劇院看戲。我醉得東歪西倒，從樓梯上跌了下去，但還懵然不知。在劇院裏，人們都對我們怒目而視，不斷有人噓我們，叫我們別吵。忽然我見到了安格妮，她注視着我，目光中流露出驚訝與憂慮。我跟她打招呼，她卻阻止我大聲説話：

「恐怕你不大舒服吧？聽着，為了我，請你的朋友馬上把你帶回家去吧！」

她的話使我清醒了些，也使我又氣又羞，我叫史蒂福送我回家了。

第二天早上，我收到了安格妮的短信，説她住在父親朋友的家，讓我去看她。

下午四點，我到了安格妮那兒。我衷心後悔，激動得流下了眼淚：「假如是別人看見了昨夜在劇院中的我，我不在乎。但偏偏是你！我恨不得自己死了！我真希望你沒看見我！」

她平靜而和藹地把手放在我的胳膊上：「不要難過了，如果你不信任我，還有誰可信任？」

她的話使我感到無窮的愛護和安慰，我親吻着她的手説：「好安格妮，你真是我的福佑天使！」

「假如我是你的福佑天使，那麼我要提醒你：要

提防你的羅剎兇神，我是指史蒂福，他對你有很壞的影響。」

「親愛的安格妮！」我說，「你錯怪史蒂福了。只憑昨天的事就得出這個結論，那是不公平的！」

「我是從很多事情上綜合得出這個結論的。」安格妮換了個話題，「決不要忘記我，無論是你陷入困境，或是墮入情網的時候，你都要告訴我。」

後來她告訴我，那個卑鄙小人尤利亞・希普竟同她父親成了合夥人！

「他是強迫我父親接受的。他已控制了我父親，我父親很怕他。哦，大衛，我好像覺得我也成了父親的敵人，而不是他朋友。他把他的業務範圍縮得越來越小，好使他的全部精力和愛都集中在我的身上。他的思想和感情太過集中在一個方面，所以他越來越虛弱，我是他失敗的原因。」說着說着，她哭了起來。

我安慰着安格妮，心裏恨透了那卑劣的尤利亞。

這家的女主人邀請我出席第二天的晚宴。宴會中

知識泉

羅剎：源自印度古老的梵文宗教文獻，又名羅叉娑，是惡鬼之名。相傳男羅剎是黑身、紅髮、綠眼，女羅剎則長得十分漂亮。羅剎食人血肉，能飛行。

我見到了尤利亞，他緊緊地跟着我。安格妮曾經要求我對他客氣些，所以我**言不由衷**①地請他去了我的寓所，給他沖了杯咖啡。

他竟洋洋得意地告訴我他的升遷：「我從前根本不敢想的很多事，現在都已成了事實。我希望我對威克先生是有用處的，他已顯得很無能了。要是別人處在我的位置，早就把威克先生抓在手心裏了！」他緊握他的長手，好像已經把威克菲爾先生抓在手心。

更令我無法忍受的是，他竟公然坦白説他熱愛安格妮！「她很愛她父親，所以我希望為了這個原因，她有可能對我好一些。」

這時我明白了他的陰謀：他打算在控制住威克菲爾先生後，再強迫威克先生把女兒嫁給他！

我恨不得立刻殺了他！

那晚宴會上的最大收穫是遇到了我在薩倫學堂的同學特拉德，那個正直熱情的人。他在學法律，仍是那樣單純，但並不走運。

---

① **言不由衷**：言行不一致，口不對心。

第十五章 陷入情網

每天我都到斯本羅先生的律師事務所去工作，見習期很快過去了。由於學習過程順利，表現又良好，所以我正式成為斯本羅先生的幫手，為他工作。在正式簽訂合同的那一天，斯本羅先生

知識泉

見習期：也叫實習期，具備專業知識後，到工作現場去參觀及參加一部分實際工作的階段，經過此階段才能成為正式工作人員。

邀請我去他家作客，說他女兒剛從巴黎留學回來，又請我周末去他家住兩天。

斯本羅先生的住宅有一個極美麗的花園，我想像着在這樣可愛的花園中散步的小姐會是什麼樣子的？剛踏入那燈燭輝煌的客廳，斯本羅先生就問一個傭人：「朵拉在哪兒？」

朵拉！多麼美的名字啊！我在心中暗想。

在隔壁一間房間裏，斯本羅先生向我介紹了他的女兒朵拉。

朵拉是位風姿綽約、十分迷人的姑娘，在第一眼

看到她時，我就瘋狂地愛上了她，成為了她的俘虜。她不是凡人，她是一位仙女！我還沒來得及對她說一句話，就跌進了愛情的深淵。

「還有，這一位是我女兒的朋友。」斯本羅指着另一位婦人介紹道。

「我以前見過科波菲爾先生。」

她竟是馬史通小姐，我繼父的姊姊！我當然沒有忘記她，這馬史通姊弟是我童年的噩夢，他們就算化成了灰我也認得！

原來是因為朵拉失去了母親，斯本羅先生就請她來陪伴朵拉。

那時我的注意力完全集中在朵拉身上，甚至忘記了討厭的馬史通小姐的存在。我妒嫉所有與她談話的客人。晚餐時我坐在她旁邊，和她說了許多話。我幾乎什麼也沒吃，眼中、心中只有她那迷人的眼睛、活潑的身姿、悦耳的聲音和動人的笑容，以及種種奇妙可愛的小動作。

第二天清早，我在花園裏散步時遇到了朵拉。她帶着最燦爛的笑容告訴我說，她是衝破馬史通小姐的禁令出來散步的，因為早晨是全天最光明的時刻。我

對她說，見到她的這一刻我才感到了光明，前一刻還是黑暗的呢！

她羞紅了臉，把小狗吉普抱入懷裏。我想，這隻狗是多麼幸運啊！

喝早茶時，因為是朵拉泡的茶，我不知喝了多少杯！我們安安靜靜地過了一天——出去散了一次步，晚上一起閱覽一些書畫。當我向斯本羅先生告辭時，他並不知道，我已經在心目中把他看作是我未來的岳父了。

從此我開始了愛情的歷程。每天我走許多路，經常無緣無故地跑到商店和公園去，又在她家附近出現，比郵差還去得勤，目的只有一個，就是希望能在那些地方見到朵拉。

但是這樣的幸福機會很少，即使偶爾見到，也只能在馬史通小姐陪同下說幾句話。我本來很擔心馬史通小姐會**誹謗**[①]我，幸好她更害怕我洩露她的底細，所以我們兩人互不干涉。我期望再次接到斯本羅先生的邀請，但我不斷失望，因為再也沒被邀請過。

[①] **誹謗**：以不實的言詞惡意中傷他人，毀人名聲。

在被愛情折磨期間，為了消磨時間，我去拜訪了老朋友特拉德。他的住所雖小，但非常整潔，他還給我看他和未婚妻一起選購的一批家具，其實那不過是一個花盆連架子，以及一張雲石面的小桌子而已。

他原來是靠叔父的援助去上學的，叔父過世後他只好獨立謀生，現在他在拚命籌足一百鎊來付學法律的費用。雖然他是如此艱難地在與貧窮奮鬥，但在他的言談中聽不到一絲悲觀的情緒，反倒是充滿了對今後美好生活的嚮往。

正談得開心時，特拉德的伙食承包人來找他，此人不是別人，原來是我的老朋友米考伯先生！我們的高興是不言而喻的，米考伯以上流人的神態發表了言辭華麗的歡迎詞；米考伯太太激動得要用冷水敷額角以免昏倒。他們還希望我留下一起吃晚餐，我知道他們手頭不會寬裕，便婉辭了，但邀請他們三人過幾日來我公寓吃飯。

這是一次老朋友之間很愉快的聚會，我準備了比目魚和羊腿，我們邊烤邊吃，手不停、嘴不停、笑聲

不停，真是太快樂了！我快樂得暫時忘記了朵拉，真是慚愧！

酒酣耳熱[1]之時，大家唱起歌來了，高呼着為自己所愛的人乾杯。我在米考伯先生的逼迫下承認了戀情，結結巴巴地為我的朵拉乾杯。

他們走後，史蒂福突然到來。我想起了安格妮的勸告，但當他在我面前一站，卻又似給我帶來了光明。我興奮地告訴他，剛才特拉德在這兒，但他的反應很淡漠。他一邊抽着雪茄，一邊漫不經心地說他剛從雅茅斯過來，還給我帶了一封白葛迪寫的信。信上說巴吉斯病情嚴重，所以我決定去一次雅茅斯。奇怪的是，史蒂福聽了我的決定後，竟低聲嘟噥說：「去吧，你是不會礙事的！」不知他是什麼意思。

---

[1] **酒酣耳熱**：喝酒喝得暢快、歡愉。酣，粵音含。

～第十六章　禍不單行～

　　我回到雅茅斯，叩響了白葛迪家的門。她嗚咽着，一再感謝我的到來，然後請我上樓。

　　「巴吉斯一直很掛念你，他現在睡着了，見到你，他一定很高興，也許這可以使他清醒些。」

　　巴吉斯先生躺在牀上的姿勢很怪——他的頭和肩膀半靠在放在牀邊的一隻箱子上，箱子裏是他的全部積蓄，但他在昏睡中仍在說：「是舊衣服呀！」我看沒有什麼能使他再清醒過來了，時間和生命正在悄悄地從他身下溜走。

　　白葛迪柔聲說道：「巴吉斯，親愛的！大衞少爺在這兒呢！你不跟他說句話嗎？」

　　他像那口箱子一樣沉默、無知無覺。過了一會，他竟開口說話了，說的是他趕車送我上學的事，最後他張大雙眼望着我，微笑着清楚地說了一句：「巴吉斯願意。」海水退潮了，他隨着潮水一起去了。

　　我留下來幫白葛迪辦理喪事和遺產繼承的手續。

她把丈夫葬在我父母的墓旁，她是特意買下這塊地的，還為她自己留了一塊地方。巴吉斯留下很大一筆錢，按照遺囑贈送了一些給白葛迪先生和我，其餘全由白葛迪繼承。在他那寶貝箱子裏，我們還找到了老懷錶、煙斗塞兒、一塊樟腦、一個牡蠣殼等稀奇古怪的東西。

知識泉

牡蠣：雙殼軟體動物。棲息在淺海沙底，或岩礁之上，可食用，味道佳，營養豐富，殼可入藥。粵語地區稱它為「蠔」，閩南語地區稱它為「蚵仔」。

正要離去的前一夜，我到船屋去拜訪白葛迪先生。他坐在那裏抽煙，見到我很高興。

那天晚上下着大雨，厚厚的雲層遮住了月亮。白葛迪先生點燃了一枝蠟燭，放在窗台上：「這是為咱們的小艾美點的，她在下班的路上老遠就能看見。她出嫁以後，我還是要這樣做的。瞧，她來了！」

但來的只有漢姆一人。

「艾美在哪兒？」白葛迪先生問。

漢姆把我叫了出去，關上門後他痛哭了起來。我感到不祥的恐懼：「發生了什麼事？」

「我的愛人，我的希望，我的驕傲……小艾美走了！」

「走了？」

「她已經走了，我該怎麼對他們說呢？」

門開了，白葛迪先生站在那兒。我永遠忘不了當時他臉上的表情變化，以及屋裏響起的一片婦女痛哭聲和叫聲。漢姆塞給我一張紙條，我站到屋裏唸道：

「當你——如此深愛我的人看到這封信時，我已經遠離這裏了。我不會再回來，除非他把我作為正式夫人帶回來。

「告訴舅舅我從沒像現在這麼愛過他，請安慰他。去愛一個對你忠實的好姑娘吧！上帝保佑大家。」

白葛迪先生僵立了很久，然後用低沉的聲音問道：「那個男的是誰？我要知道他的名字！」

漢姆望了我一眼，我突然感到心中重重受了一擊。他說，已有一段日子了，有主僕倆常來這兒，昨晚有人看見艾美和那主人在一起。早晨，一輛奇怪的馬車帶走了艾美，車中就是那主僕倆。我聽後沉重地跌坐在椅子上。

「大衞少爺，我不怪你。那個人就是史蒂福！」漢姆以沙啞的聲音説道。

白葛迪先生用力扯下掛在釘子上的外套，費力穿好後往外走。漢姆問他：「去哪兒？」

「首先去砸爛那條船，然後再去找艾美。」

「上哪裏去找？」

「不管什麼地方，哪怕走遍全世界，我也要去找到她，把她帶回來！」

那一夜是不堪回首的，大家好不容易才在哭聲中冷靜了下來。但那慘痛、悲傷的一夜永遠留在了我的記憶裏。

史蒂福，將永遠從我的朋友中除名了！他侮辱了一個誠實的家庭！然而我也應該為此事負起一份責任。當我聽見白葛迪先生悲傷的哭泣聲時，也忍不住淚如雨下。一個幸福家庭的平和生活給無情地摧毀了，這些善良的人們受到了殘酷的傷害，一想起這些，我就悲憤難消。

白葛迪先生想去見見史蒂福老太太，於是我給史蒂福老太太寫了封信，告訴她白葛迪先生所受到的傷害。我在信中説，雖然白葛迪先生是個普通人，但卻

非常高尚和善良，希望她能接見白葛迪先生。

　　兩天後，我陪白葛迪先生來到史蒂福的家。

　　史蒂福老太太端正地坐在椅子上，有些傲然。

　　白葛迪先生遞上艾美寫的告別信，請她讀一下。她讀後把信還了給他，但毫無表示。

　　「除非他把我作為正式夫人帶回來！」白葛迪指着信中這句話說道，「我就是來問，你的兒子是否做了這一點？」

　　「不可能！」史蒂福老太太冷冷地說，「門不當戶不對，雙方條件差得太遠了！」

　　「艾美是個好女孩啊！」白葛迪失聲叫道。

　　「她沒受過教育，她的家庭太低賤。這樁婚姻是絕對不可能的，我不想斷送兒子的幸福！你說吧，多少錢才夠補償……」史蒂福老太太的臉色越來越沉。

　　「夫人，別作賤自己了。我沒帶着希望來，我也不帶任何希望走。」白葛迪先生說。

　　我在門外追上了白葛迪先生。他向我告辭說：「我要去找她，哪怕走遍天涯海角。如果我遇到不幸，請記住我給她的最後一句話是：我依舊愛她，我原諒了她。」

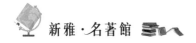

第十七章 形勢突變

　　這段日子裏，我越來越愛朵拉了。一天，斯本羅先生告訴我説，朵拉的生日快到了，他將為她舉行一個野餐會，邀請我參加。

　　那天，我把精心準備的鮮花和禮物送到朵拉手裏時，她高興地告訴我説，馬史通小姐請了三周假去參加她弟弟的婚禮，原來我那繼父又找到了一位年輕富有的太太。這樣，朵拉會在女友茱莉亞家住些日子。

　　我們在大樹底下野餐，然後縱情高歌，後來又用了茶點。我和朵拉的眼神時時相遇，交流着愛的信息。我完全陶醉在愛情裏了！

　　過了兩天，我決定去向朵拉求婚。在茱莉亞家，我向朵拉傾訴自己的感情。我告訴她，我是多麼強烈地愛着她，絕對不能失去她，只有她才是我一生中惟一的愛。我自己都難以相信，我的口才變得那麼好，我説得那樣熱情誠懇。最終，朵拉接受了我的愛，我們訂婚了！

我踏着輕快的步伐回家，卻驚訝地發現姨婆和狄克先生就在我家。姨婆坐在一大堆行李上，狄克先生手裏拿着一隻大風箏。

我趕快張羅他們喝茶，發覺姨婆用一種奇怪的眼光看着我，使我很納悶，難道她已知道了我和朵拉的事？我給姨婆一把安樂椅坐，可是她拒絕了。

姨婆喝完茶，整整衣服對我說：「大衞，你已經堅強起來，並相信自己的力量吧？」

「我希望如此。」我回答道。

「你猜我為什麼要坐在行李上？因為，這是我全部的財產，我破產了！」我震驚得說不出一句話來。

姨婆摟住我的脖子哭了起來，過了一會她就克服了軟弱的感情，相當堅強地說：「我們要勇敢地面對困難，不要被它嚇倒。挺起腰桿，渡過難關。」

我又為姨婆泡了杯熱茶，握緊她的手安慰她，雖則我的心也沉浸在深深的悲哀之中，但與此同時，我覺得自己真的長大成人了，我的雙肩將有力地擔負起照顧姨婆生活的重任，我必須這麼做，我能勝任！

　　第二天我立刻去找斯本羅先生，想和他解約，以取回姨婆之前為我繳交的一千鎊學費。但是斯本羅先生和他的合夥人喬金思先生互相推來推去，誰也不肯表示同意。在我垂頭喪氣往回走的時候，竟遇到了安格妮！她是得到了姨婆破產的消息而專程來探望我們的。

　　我和安格妮一起到我家去，路上，安格妮告訴我說，尤利亞仍然操縱着她的父親威克先生，她家發生了很大變化──尤利亞母子住進了大宅，尤利亞還住進了我過去住過的房間，他母親整天纏着安格妮，誇她的兒子這般好那般好。他們有意把安格妮和威克先生分隔開，使她不能守護她父親。

　　姨婆很高興見到安格妮。她告訴我們她破產的經過。我發覺安格妮很專注地聽姨婆說，聽着聽着，臉色也變白了。

　　姨婆說，起初她在代理人威克先生的幫助下，很成功地增加了財產；後來她發現代理人不像過去那樣善於經營了，於是她自己投資，結果屢遭失敗，最後連

> **知識泉**
>
> 投資：購買有形或無形的資產，預計可以在未來獲利，如購買設備、接受教育等。

她存錢的銀行也倒閉了，致使她破產了。我看見安格妮的臉色這時才回復正常，看來她曾疑心她父親也許要為這些事情負責，但姨婆的話使她放心下來了。

　　我們討論了今後的生活問題。姨婆說：「家裏那幢房子出租的話，每年可有七十鎊收入，狄克每年有一百鎊，但這要花在他自己身上。怎麼辦呢？」

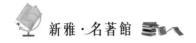

安格妮問我有沒有時間從事第二份職業。她說：「斯特朗博士已經離開了坎特伯雷的學校，住在倫敦編寫他那本巨著，他想找一名秘書幫忙，我想大衞你可以去試試！」

「親愛的安格妮，你真是我的福佑天使！」我高興得大叫。斯特朗先生是我的老師，我當然很願意幫他工作。

安格妮提醒我立即寫信給博士，寫好後我就拿去郵局寄出去。回來時，見到安格妮已把家中一切收拾得整整齊齊、有條有理。這就是安格妮特有的能力，她總是能一聲不響地把一切安排得恰到好處。但願我永遠不會忘記這位可愛的姑娘，她用美好的思想使我變得充實，她的堅強使我克服了軟弱。

安格妮，我童年時代的好姐妹、好知己！假如當時我就知道這一點，不用留到許多年後才了解，那該有多好啊！但是當時的我，正如大街上一個乞丐在不停地唸的那樣：瞎了眼囉！瞎了眼囉！

第十八章 新的生活

　　第二天早晨，我精神奕奕地去斯特朗博士那兒洽談工作。我全身充滿活力，我有了新的目標——我要努力工作，掙錢養活自己和姨婆，並為日後的小家庭生活作準備。

　　在半路上，我看中了一座待售的小房子，我進去看了看，發現這房子很適合我和朵拉居住，屋子前面還有一個小花園，可以給小狗吉普在裏面玩。

　　在博士那裏，我順利地得到了我的第二份工作。博士很高興我能協助他編寫一部字典，他要求的工作時間是早上和晚上，這實在太合我意了！他給我一年七十鎊的薪水，這是我在事務所工資的兩倍！這份不錯的收入幫了我和姨婆的大忙，成為我們在困境中的一筆主要收入。

　　我現在十分忙碌，早上五點起牀，要到晚上十點才回家。但我很滿意，覺得越勞累，越對得起姨婆和朵拉。

我聽説過，很多成功的人是從寫議會辯論的報告

知識泉

速記：用一種簡便的記音符號，迅速地把別人的話記錄下來。

書開始他們的事業的，我就去問特拉德應該怎樣着手做。他告訴我説必須首先學會速記，這恐怕要花好幾年時間。我馬上買來有關速記的書籍開始學習，並按照特拉德的建議在家裏練習——姨婆、狄克先生和特拉德成了家庭模擬議會的特邀演員，他們進行慷慨激昂的辯論，我就在一旁練習速記，他們可以隨時停下等我。這樣，我學會了簡要而準確的速記，這大大增加了我的收入。雖然我成天忙得暈頭轉向，但我工作得很起勁、很快樂。

姨婆是個聰明而喜歡整潔的女人，她在我們的家庭布置上下了許多改動的功夫，使我似乎不但不窮，反而更富有了。白葛迪在我家住了段日子，她也熱心參與這些改動，和姨婆一起工作，她倆成了好朋友。到她將離開我們回家時，姨婆甚至感到很難過呢！白葛迪一再懇求我説，如果我需要錢用，就一定只能向她要。我答允後，她很快樂。

另一方面，好心的特拉德曾把自己的名字借給了米考伯先生——在我還沒來得及對他作出警告之前。

米考伯先生用特拉德名義簽署的期票過了期，但並無應有的資金準備，所以他們倆的所有財產都被扣押出售，用以還債。

不幸的特拉德因受米考伯的牽連，失去了自己的房子和全部家具。我和白葛迪幫他從狡猾的舊貨老闆那兒費盡唇舌，才用低價買回了一些家具，包括特拉德和他未婚妻一起挑選購買的家具。

後來，米考伯先生給我來了一封信，叫我和特拉德去看他，説他「時來運轉」了。

我們到了他家，他告訴我們説：「我要去坎特伯雷工作了，我的朋友尤利亞·希普邀請我去幫他辦一些業務。他是個很精明能幹的人，雖然他付給我的薪金不多，但是他答允幫我還清債務。」

這個消息使我感到震驚，弄不明白這件事意味着什麼。米考伯太太卻是一心希望她丈夫由此做起，以後能成為一個大法官。

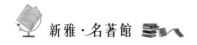

第十九章　朵拉家變

　　我的新生活持續了一段日子，我工作得很努力，但朵拉還不知道姨婆破產的事，也不知道我的新情況。我決定把一切都告訴她，我要和她一起振作精神，戰勝困難。我充滿信心地走向她家。

　　她帶着小狗吉普走進客廳。我問道：

　　「朵拉，你會不會愛一個乞丐？」

　　「你怎能問這麼一個愚蠢的問題？」

　　「朵拉，我最親愛的！我現在就是個乞丐，我破產了！」

　　「你再說這種傻話，我就叫吉普咬你！」

　　但是我的表情是這樣認真嚴肅，朵拉嚇壞了，問道：「這是真的嗎？」

　　我點了點頭。朵拉把手放在我肩上，哭了起來。

　　「你還愛我嗎？像我這樣一個身無分文的窮小子。」

　　「哦，是的，」朵拉說，「我仍是愛你的，但是

不要再説什麼貧窮呀、工作辛苦呀之類的事來嚇唬我了！」

「我只説一件事，」我説道，「如果你知道你將要和一個窮光蛋結婚，我想請你有空去翻看一下你父親的賬簿，學一點記賬理財的知識，這對我們今後將會很有用的。」

知 識 泉

賬簿：用來記錄、計算財物的本子。

聽到這些她又哭起來了，還尖叫着説我嚇壞了她。我只得不再提這些事，陪她玩玩小狗，聽她彈琴唱歌，這才使她平靜了下來。

有一天，我照常去事務所上班，卻發現斯本羅先生面色嚴肅地站在門口。他沒有回答我的問好，卻帶着冷冰冰的神情打量我，要我跟他到附近的一家咖啡館去。

在咖啡館樓上的一個房間裏，我見到了馬史通小姐，便意識到大事不妙了。她從手袋裏拿出一封信，我認得這是我最近寫給朵拉的。

「我相信，這是你的筆跡吧？」斯本羅先生冷冷地問道。

「是的。」我回答的聲音很不自然。

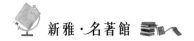

「這些也是你寫的吧？」斯本羅先生指着馬史通小姐手中的另一疊信問道。

「是的。」我的聲音更輕了。

馬史通小姐那鐵一樣的聲音在我耳邊響起：「我一直懷疑科波菲爾先生和斯本羅小姐之間在進行什麼勾當。我決定嚴密監視。昨天我在小狗吉普嘴裏奪下一張紙，原來是一封情書！我立刻追問斯本羅小姐，終於拿到了這疊信件。」她得意地揚起手上的信。

為了保護朵拉，我承認了全部責任，但我懇求斯本羅先生理解我們的感情。

斯本羅先生根本不打算聽我解釋，他憤怒地指責我辜負了他的信任，他説這是一場年青人的胡鬧，説我太不實際了。他提到朵拉的前程和他的遺囑，希望我不要破壞他為女兒安排好的生活。他給我一個星期考慮他説的話。我明知不論花多少個星期，都不能使我放棄對朵拉的愛，但我也只好同意了。

我垂頭喪氣地回到事務所，痛苦萬分地坐在辦公桌前。想到朵拉在為我受苦，我卻不能安慰她，我都快瘋了，恨不得馬上不顧一切地跑到她跟前去！我寫了封信給斯本羅先生，懇求他別責罰朵拉，要溫柔地對待她，因為她是那樣的嬌柔。

我把信放在斯本羅先生的桌上。直到下午下班前他才叫我去他那裏，他告訴我説不必為他女兒擔心，因為他是一個寬厚的父親。他再一次提醒我要忘掉這一切，不然的話，他只得把女兒送到外國去。

我頹喪地回到家裏，把這一切告訴了姨婆，姨婆也想不出什麼好辦法，我在絕望中上牀睡了。

第二天是星期六，我無精打采地去事務所上班，竟看到事務所門口圍着很多人，都在交頭接耳地説着什麼。我驚疑不定地分開眾人走進去，發現事務所的

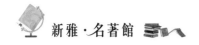
人全到齊了，但是沒有一個人在工作。

老事務員提菲對我説：「這真是一場可怕的災難，科波菲爾先生。」

「什麼？出了什麼事？」我叫道。

「你不知道嗎？斯本羅先生死了！」

我覺得整個世界在我眼前旋轉，我倒在一把椅子裏昏了過去。人們用冷水濕了毛巾使我清醒過來。

原來昨晚斯本羅先生讓馬車車夫先行離去，自己趕車回家。不料，他途中發病，跌下馬車，等人們發現空馬車，再找到他時，已經來不及救治了。

我完全不知所措，這宗意外來得太突然了，我不知道朵拉的未來將會如何。

人們翻遍了斯本羅先生的遺物，沒發現有遺囑。清查賬目後，才知道他的財政狀況很不好，還清了所有債務後，所剩的遺產不到一千鎊。

幸好朵拉很快被安排好了。突遭喪父之痛的朵拉在此地無依無靠，她的兩位姑母——斯本羅先生兩位未出嫁的老姊姊，把朵拉接到浦特尼她們那兒住下。這樣一來，我和朵拉便失去了聯繫。

知識泉

浦特尼：位於倫敦西南部。

第二十章 訪安格妮

　　我因見不到朵拉而痛苦萬分，姨婆就打發我去看看她那幢房子的出租情況，我知道她是想讓我藉此換個環境、散散心。一想到我可以又見到安格妮，我的心情好了一點。好在事務所目前沒什麼生意，因此我安排了一下工作，又向斯特朗博士請了幾天假，便去了姨婆的老居所——多維爾。

　　姨婆的房子情況良好，沒什麼可擔憂的。接着，我便乘車到坎特伯雷去探望安格妮和她父親。

　　在尤利亞以前工作過的小房間裏，我見到米考伯先生坐在那兒工作。他對尤利亞心存感激，對威克先生卻有些蔑視，説他「是一個徹頭徹尾的大好人，但卻十分無用。」我指出這情況是尤利亞造成的，但米考伯先生不想談論他的新主人，我只好向他告別。我發現米考伯先生有些變了，自從他跟了尤利亞之後，我和他之間產生了隔閡，使我們不能像以前那樣坦率和親密，我漸漸不了解他了。

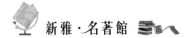

安格妮就坐在客廳裏，幸好希普太太不在。

「親愛的安格妮，請幫幫我吧！這些日子痛苦又憂愁，只有你才能減輕我心中的苦惱。」我禁不住向她傾訴。

「能幫你減輕痛苦的不該是我，大衛，」安格妮溫柔地笑着説，「應該是朵拉才對呢！」

我把自己與朵拉父親之間發生的事全告訴了她，説到激動時我不由得雙手掩面哭了起來。我還説了想如何改造朵拉但不成功的事。安格妮用一貫平靜的態度傾聽了我的訴説，如同姐妹一樣親切地給我忠告和幫助。她説努力自立是對的，但不要讓朵拉這麼一個單純的女孩受到驚嚇。

最後，我聽從她的勸告，坐下來在她書桌上寫信給朵拉的兩位姑母，表明我對朵拉的感情，誠懇地請求她們幫助。這時候，希普太太進來了。她坐了下來，一上一下地織着毛衣，那種單調，就跟沙漏往外漏沙子那樣。她那雙鬼鬼祟祟的眼，卻一直在我和安格妮身上轉來轉去。

晚飯後，我們幾個男的在一起喝酒。威克菲爾先生提議為我姨婆及狄克先生的健康乾杯。後來尤利亞站了起來説：「我將為人間最美麗的女性乾杯！我太

知識泉

沙漏：從前的一種計時器。一般是兩個橢圓的球，中間相連處極細。其中一球貯有幼細的沙粒，沙自兩球中間的細腰處由上而下地流入下一球，全程需要一定的時間，以此作為計時的方法。待流盡後，再倒過來放置，開始另一次的計時。

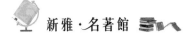

卑賤了，不敢為她的健康乾杯，但是我崇拜她，我愛她！」

威克菲爾先生突然發出一聲痛苦的喊叫聲，他像是瘋了似地打自己的頭和扯頭髮，我摟住他，求他鎮靜一些。

他忽然用手指着尤利亞，大叫道：「瞧他！我多麼信任他，但是看看，他是什麼東西啊！這個虐待我的人，利用了我的懦弱，逼我一步步放棄了名譽地位，放棄了和平和安寧，甚至失掉了住宅和家庭！」

尤利亞跳起來，用謙卑而滿含威脅的口吻，警告威克先生不要再説下去。

威克先生繼續大罵尤利亞，説他是個十足的小人，是一塊拴在他脖子上的磨盤石，有意要把他拖下水去淹死。説到最後，他倒在一把椅子裏失聲痛哭。

這時門開了，臉色蒼白的安格妮一聲不響地走進來，把她父親帶了出去。看來她都聽到了這一切。

我向安格妮道別的時候，請求她別為了向父親盡孝心而犧牲自己。她平靜而親切地笑着叫我放心，不必為她擔憂。

第二十一章 我結婚了

　　我終於等到了朵拉姑母的回信。她們約我去浦特尼她們的家談談。

　　特拉德陪我前往，他一再囑咐我不要緊張，這樣才能使自己有良好的表現。

　　在一間整潔又安靜的客廳裏，我昏頭昏腦地向兩位老小姐鞠躬。

　　一位老小姐拿着我的信說：「我和我的姊姊都認為，你是一位品德高尚的年輕紳士。」

　　「而且，我們十分謹慎地考慮過，確實覺得你非常喜歡我們的姪女。」另一位說。

　　「我的確深愛着朵拉。」我誠懇地表示。

　　於是，她們同意我來探訪朵拉，還邀請我每星期三下午來共進晚餐。

　　我又見到了我心愛的朵拉！我們和小狗吉普一起玩了很久。後來姨婆去拜訪了朵拉的姑母，她們相處得很好。

　　我和朵拉常在一起了。但有件事卻使我十分苦惱——所有人都把朵拉當作是件漂亮又精緻的玩具，姨婆叫她「小花兒」；她的兩位姑母總是想盡花招去打扮她，給她燙髮呀、紮根絲帶呀什麼的，就好像朵拉把玩她的小狗吉普那樣。我決定要跟朵拉好好談談這件事。

　　「我希望她們改變對你的態度，你已經不是一個小孩子了呀！」

　　朵拉撅起了嘴：「瞧，你又要對我生氣了。她們都對我很好嘛，我也很快活。」

　　「你應該受到人們的正確對待。」我固執地説。

　　「你不要虐待我呀，親愛的！」朵拉雖然這麼説，但卻要我給她買一本烹飪的書，這使我很高興，我還給了她一本會計課本。但是，烹飪書使她頭痛，而那充滿數目字的會計課本令她大哭，我只好設法自己教她。

　　「假設我們已成了家，你要去買一塊肉做菜，你知道怎麼去買嗎？」

　　「嗨，賣肉的總該知道怎麼賣吧？何必要我知道呢！」朵拉俏皮地回答。

「假如我説想在晚餐時吃愛爾蘭燉羊肉，你將怎麼做呢？」

「我會吩咐傭人去做的。」朵拉哈哈大笑。

於是，那本烹飪書的主要用途，是放在牆角上被吉普站在上面玩耍。

不管怎樣，我們終於結婚了。當時我已二十一歲，已是個成熟的大人了。我早已掌握了速記的竅門，為一家報紙報道國會的辯論，掙到很可觀的收入了。另外，我也開始了寫作，我的散文常常在報紙和雜誌上發表，可以經常得到報酬。總的來説，我混得相當不錯，我的年收入已達三百七十鎊之多。

我們買了一座幽靜的小房子，那是完全屬於我和朵拉的家。裏面的一切擺設都十分高貴而新穎，充滿了新婚的喜悦氣息。

成婚的那一天，一切是那樣的美好，我好像在做夢一般。

一大早，姨婆就起身打扮。今天她穿着一身淡紫色的綢衣服，戴一頂白帽子，看起來喜氣洋洋。她快

知識泉

愛爾蘭：不列顛羣島大島之一，東隔愛爾蘭海，與大不列顛島相對，除東北部屬英國外，其餘屬愛爾蘭共和國，農牧業發達。

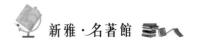

樂地笑着對我説：

「親愛的，即使是我親生的孩子，都不能比你更親。今天是我這一輩子最快樂的日子！」

我從心底裏感謝姨婆對我的養育之恩。

白葛迪也來到了教堂，參加我的婚禮。

安格妮一直陪伴着朵拉，照顧着她。自從她倆認識以來，她們就成了好朋友。安格妮一直提醒我該如何溫柔體貼、一心一意地善待這位嬌小的美人兒。

特拉德為我駕着敞篷馬車到教堂舉行結婚儀式，一切好似在夢中。

當我驕傲地挽着朵拉的手走出教堂，步下石階，穿過密密的人羣時，聽到人們真心的讚美聲：這一對新人真漂亮！

原來這一切不是夢，我最親愛的朵拉現在真真實實地成為我的妻子了！

第二十二章 家居生活

　　朵拉使我幸福萬分，但同時，婚後的生活使我發現，我們要學的東西還有很多呢！對於家務事，兩隻剛出生的小鳥也許都會比我和朵拉知道得多！

　　我們僱了一位女傭瑪利亞為我們打理家務，她帶着良好的品格證明書，表明自己不喝酒、不偷盜。但是，我們家的茶匙常常丟失，也常見到她倒在廚房地上，我們以為是她的什麼病發作。還有，這個瑪利亞毫無時間觀念，應該四點開飯，到了五點仍無動靜。

　　我提醒朵拉注意這件事，朵拉說，也許是我們的鐘快了。

　　「不，我們的鐘沒有問題！」我說。

　　我的小妻子走過來坐在我的懷裏，用鉛筆在我的鼻子中央畫了一條線。這雖然很好玩，但是不能當飯

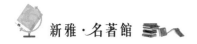

吃呀！

「親愛的，你是不是該和瑪利亞談談？」

「啊，不，不，我可不敢對她説。我對家事一竅不通！」

我沒有回答，臉色很嚴肅。

「噢，你這壞孩子，瞧你腦袋上的這些皺摺，多醜呀！」說着，朵拉就用鉛筆在我臉上亂畫，使我哭笑不得。

「可是，我們要好好談談。昨天，我只吃了一半飯就得出門；前天，那些肉煎得半生不熟的；今天，恐怕我要餓着肚子出門了。我並不想怪你，但這令人太不痛快了呀！」

朵拉生氣了，她全身發抖：「啊，你這殘忍的人！竟敢罵我，説我是個討厭的妻子嗎？」

「我並沒有這麼説，我只是想講點道理。」

「可是講道理比罵人更糟呢！你不是後悔娶了我吧？」朵拉可憐兮兮地哭着説。

她哭得非常傷心，看來我已傷害了她那稚嫩的心。我不知如何是好，正好又有事非外出不可，於是我匆匆出門去了。可是，整個晚上我都受着良心的責

備，一直很不安。

回家時，已是半夜兩三點了。我意外地發現，姨婆坐在客廳裏等我。

我吃了一驚，以為發生了什麼事。

「沒什麼，只是朵拉的心情不大好，我一直陪着她。」姨婆的眼裏閃過一絲焦慮的神色。

「老實説，今天晚上我也一直很不快樂。本來也沒什麼大不了的事，我只是溫和地想和她談談家裏的事罷了。」我説。

「我了解。」姨婆説，「你得有耐心才行，朵拉的個性十分柔弱啊！」

「是的，我知道，我也不是個不講道理的人，」我小聲説，「姨婆您是否可以替我勸勸朵拉，指教指教她？」

「大衞，」姨婆激動地説，「不，不要求我做這樣的事！」

她接着説：「你知道嗎？我已經年老了，回顧往事，後悔不堪。我終於了解，對別人最好的方式就是要溫和地包容，千萬別嚴厲地要求別人啊！假如我插手你們的家事，那我們之間很快就會產生裂痕。記得

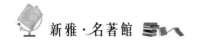

新雅·名著館

你媽再嫁後，你家的情況嗎？千萬別把它加在朵拉和我身上啊！」

姨婆的忠告使我驚醒，童年的噩夢——馬史通姊弟的所作所為歷歷在目。姨婆說得對。我完全明白了她對我和朵拉的關心和愛護。

我送姨婆回到她那位於我家旁邊的小屋。回來時，朵拉悄悄下樓來，伏在我肩上哭着，說我的心腸太硬，而她又太頑皮了，我也向她道歉。於是我倆講和了，並決定這次爭執將是今生的最後一次，以後再也不吵了。

可是，傭人的問題一直困擾着我們。瑪利亞走後，我們發現一些餐具和錢不見了。之後請來的布太太老得什麼也幹不了。再來一個傭人，只會打破她手中的東西。最後來了一個年青的婦人，每次和朋友上街總要戴上朵拉的帽子。

每個人都似乎在想方設法欺騙我們。我們走進商店門口，店主就拿出次品來賣給我們。我們買的魚是臭的，我們買的肉很不新鮮，我們買到的麵包幾乎沒有皮。為我們洗衣服的婦人把我們的衣服拿到當舖賣掉；傭人們在店裏買了東西自己用，卻記在我們的賬

上要我們付款。我請朋友來吃飯，端上來的飯菜卻完全不能下嚥！

那天晚上朋友走後，朵拉走過來坐在我的身旁：「很抱歉，要是在結婚之前，能和安格妮一起住上一年就好了，她可以教我很多東西，我要向她學習。我想出一種叫法，你用來叫我，好嗎？」

「你要我叫你什麼？」我微笑着問。

「那是一種傻叫法，你叫我『孩子妻』吧！當你要對我生氣時，你就對自己說：這只不過是我的『孩子妻』罷了！」

過了不久，朵拉說她要做一個了不起的管家婆。她買了一本大大的賬簿，但只記了兩三筆賬，她已經被搞得頭昏腦漲了。

她把那本散亂的烹飪書一頁頁縫好，但始終沒依它做成過一道好吃的菜。好像每件事都故意和她搗蛋，使她筋疲力竭，失望又頭痛。

於是我決心獨自解決一切困難，全力照顧好我們的小家庭。日子就這樣平靜而愉快地一天天過去了。

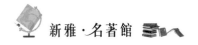

第二十三章 找回艾美

　　一天晚上，我散步回家，從史蒂福老太太的住宅前走過時，被一位老傭人叫住了，說是他家主人有事要告訴我。原來是一直跟隨着史蒂福的男傭利提摩回來了，並帶來消息說，艾美跑掉了，現在不知所蹤。

　　利提摩奉命把事情的經過說了一遍：史蒂福帶艾美去了外國，利提摩一直跟着服侍。他們到過很多國家：法國、意大利、瑞士……史蒂福很喜歡艾美，她真是個聰明的姑娘，學會了好幾國語言，長得又美，很受眾人讚賞，完全不像以前的那個鄉下女孩了。

　　可是後來她漸漸消沉，開始變得憂愁，她和史蒂福開始爭吵，最後史蒂福藉口外出一兩天，便離開了她。史蒂福讓利提摩把真相告訴艾美，並建議她嫁給一個「體面的人」，這人不會計較她的過去。他指的就是利提摩。

　　艾美聽到史蒂福離去的消息時完全發了狂，如果不是利提摩抓住了她，恐怕她就用刀或跳海自殺了。

當艾美知道史蒂福為她作的婚姻安排時，氣得差一點把利提摩殺死！她變得非常瘋狂，所以利提摩把她緊鎖在一間屋裏。儘管如此，一天晚上，她設法撬開了窗櫺逃走了，至今不知下落。至於史蒂福，聽説一直在海上玩船為樂。

得到這個驚人的消息後，我趕快去通知白葛迪先生。他為了尋找艾美，也已周遊列國，現已回到倫敦，租了間小屋住下，但仍繼續尋找。他把那小屋收拾得整齊又乾淨，看得出來他是隨時準備迎接艾美回來住的。

白葛迪先生聽到我帶來艾美的消息後，臉色變白了。他肯定艾美一定還活着，他要加緊尋訪。

又過了好幾個月，終於有一天，白葛迪先生興奮地來找我，説有一個相熟的朋友提供線索給他，説艾美就在倫敦。他要求我和他一起去找她。

我們按着一張紙條上寫着的地址，來到倫敦貧民區的一所房子前，並走上頂樓。白葛迪先生衝入一間小房子，在昏暗的燈光下，只見可憐的小艾美衣衫襤褸，眼神空洞地獨自坐着。

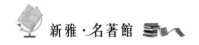

「舅舅！」艾美見到我們時驚叫一聲，然後昏倒在白葛迪先生懷中。

白葛迪先生溫柔地吻了她一下：「感謝上帝，我的願望終於實現了，我找到了我的小女孩！」他抱起昏迷不醒的艾美，一步步走下樓梯。

第二天早上，白葛迪先生來看望我和姨婆，並告訴我們說，昨晚他一直守着艾美，她終於醒了過來。艾美跪倒在他腳邊，像是在祈禱一般，把一切事情都告訴了他。

「可憐的小女孩終於又回到了我的身邊，我知道一切都好了。」他歎了口氣，寬慰地說。

姨婆說：「你是個好心人，上帝會一直照顧你們的。」

「那麼，對於將來，你有所決定了吧？」我問道。

「是的，我和小艾美已經決定了。我們要走得遠遠的，到澳洲去！我們將過一種全新的生活，艾美將可真正獲得寧靜與快樂。」

我們都覺得這是極好的安排。白葛迪先生說他已去碼頭打聽到，一個月之後會有一艘船開往澳洲，他們倆將乘這艘船走。

第二十四章　真相大白

　　我接到米考伯先生寫來的一封怪信，信中流露出一種古怪的悲觀情緒，說什麼「我是錯誤和惡運交加，希望已絕」，又說什麼「我心中的平和及正義已經破碎，歡樂已經完結，花朵已凋謝了」等等，最後說他將會來倫敦作短期的逃避，希望我和特拉德後天晚上七時與他見面。

　　正在此時，特拉德來了，還帶來了米考伯太太給他的信，信上提到了值得注意的情況。米考伯太太說，她丈夫近來性情變得古怪又神秘，對家人粗暴，說自己已被賣給了魔鬼，還鬧着要和她離婚，使她很傷心。聽說他要來倫敦，於是請求特拉德和我幫幫她丈夫，抽空和他談談。

　　我們反復研究這兩封信，覺得似乎有些重要的事情將會發生，便寫信告訴米考伯太太，我們一定會去見她丈夫。

　　米考伯先生果然如期來了，我們約他在姨婆家見

面，介紹他給姨婆認識。

米考伯先生情緒低落，樣子很消沉，好像有重擔壓在心頭説不出來。狄克先生見了他那不幸的樣子，就不斷地安慰他，使他很感動，好幾次想張嘴説什麼，但又好像卡在喉嚨裏出不來。

為了打破僵局，姨婆就問他全家是否安好。

這倒幫他打開了感情的閘門，他説：「我們全家已面臨深淵，恐怕要討飯為生了！」

「米考伯先生，」我説，「究竟出了什麼事？請大膽説出來吧，我們都是你的朋友！」

「出了邪惡！出了偷盜和欺詐！」米考伯先生激動地大哭起來，「這一切的根源正是尤利亞・希普，他是一切卑劣陰謀的罪魁禍首！」

我們聽了都鼓起掌來，為米考伯先生終於戰勝了內心矛盾而高興。

米考伯先生激憤到了極點，他大叫：「我現在不配和任何人握手！我要把維蘇威火山搬到這個

知識泉

維蘇威火山：在意大利南部，海拔約1,200多米，每次噴發後的高度都不同，是世界著名的活火山之一。最近一次有紀錄的噴發是在1944年。公元79年，維蘇威火山大爆發，淹沒了龐貝城，火山灰、泥漿等積聚達數米厚。

惡棍[1]的頭上！請保密：下星期的今天，請這裏的所有人到坎特伯雷的旅店裏來，我要揭開全部內幕！現在我要走了，我要去做充分的準備！」

我們都激動和緊張地等待着這一天的到來。

一星期後，我們在坎特伯雷旅館裏準時等到了米考伯先生。姨婆整整帽子，鎮定地說：「我們準備好了，維蘇威火山可以來了！」

「小姐，你馬上就會看見火山爆發了！」米考伯先生說。然後他告訴我們，他曾和特拉德商量了一下細節，希望我們今天務必要聽從他的指揮行事。首先，他請我們在他走後五分鐘再去威克菲爾——希普事務所。

我們認真地等了五分鐘才走進事務所，說是要見安格妮。米考伯先生在辦公桌前裝作在忙着工作的樣子，見到我們後大聲地通知尤利亞·希普。尤利亞很意外，起初露出慌張和狼狽的神情，但很快就變得和往常一樣的謙卑和**諂媚**[2]：

---

[1] **惡棍**：兇惡、無賴，專門欺負人的壞蛋。
[2] **諂媚**：逢迎、巴結。

「啊！各位的駕到真是我們事務所的榮幸！」

安格妮進來了，她似乎有點憂慮和疲乏的樣子，但仍不乏一種平靜的美態。

這時米考伯先生向特拉德使了個眼色，特拉德悄悄走出去了。

尤利亞吩咐米考伯先生退出去，但米考伯先生手握一把尺子，直立門前，十分坦然地打量着尤利亞：「我喜歡站在這兒！」

尤利亞的臉色一下子變灰了：「你是個全世界都知道的敗家子！滾開，等一下我才和你談話！」

「這個世界上有一個惡棍，我已經和他談得太多了，這個惡棍的名字就叫尤利亞·希普！」米考伯先生激昂地説。

尤利亞好像挨了打似的跟蹌後退了幾步，他用毒蛇一般的聲音説：「這是早就策劃好的陰謀！科波菲爾，你買通了我的書記員來算計我！我們從來就勢不兩立！你們這樣做沒有好處，你們會後悔的！」

正在這時，特拉德帶着希普太太進來了。

「你是誰？」尤利亞問特拉德。

「我以威克菲爾先生的朋友和代理人的身分來這

裏辦事，我有一張威克先生的全權委託書。」特拉德鎮定地說。

「尤利亞！」希普太太焦急地插嘴。

「住嘴！」尤利亞對自己母親吼道，又轉向特拉德：「這委託書是騙來的！」

尤利亞氣急敗壞地大叫着，他的臉扭歪了，露出他那惡毒、傲慢、猙獰的醜惡本色。我早就知道，他的謙卑是假的！

米考伯先生忍不住了，他掏出一張寫滿字的大紙，清清嗓子，開始唸道：

「威克菲爾——希普法律事務所的所有業務，通通是由尤利亞・希普一人單方面操縱的。希普幹了數不清的壞事，他是一個賊！」

尤利亞向他撲過去，想搶那張紙，但米考伯先生早有準備，他用手中的尺子巧妙地擊中尤利亞的指頭，使他的手像斷了似的垂了下來。

「你這該死的！我一定報仇！」尤利亞大喊。

「你這無恥的東西再敢過來，我就砸爛你的腦

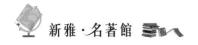

袋！」米考伯先生説後，繼續往下唸。

　　米考伯先生揭發了尤利亞的大量罪惡事實，主要分三個方面。

　　第一，尤利亞在威克菲爾先生精神狀態極差時，乘機弄亂全部事務。他騙威克先生動用了一筆代人保管的一萬二千鎊金額去填補**虧空**①，實際上那虧空是不存在的，這樣使威克先生一直背着私吞他人錢財的良心負擔。

　　第二是偽造簽名。尤利亞偽造了一張借據，上面説那一萬二千鎊款項是尤利亞借給威克先生的，證明人是米考伯先生。而米考伯先生從沒證明過這樣一張借據，那上面威克先生和米考伯先生的簽名都是尤利亞偽造的。這張借據現在在米考伯先生手中。

　　第三是誘迫威克先生接納他尤利亞為合夥人，又欺騙威克先生，使他以為他自己已全面破產，而實際上是全被尤利亞侵吞了。這方面有尤利亞的假賬簿及筆記本為證。

　　聽到這裏，尤利亞跳了起來，撲向牆角的保險

---

① **虧空**：金錢的支出超過收入，或金錢的數目比賬面記錄的少，因而欠債。

櫃。他打開一看，裏面空空如也。他大叫：「有賊偷了賬簿！」

「是我拿的！」米考伯先生氣定神閒地說。

「在我那兒呢！我有權保管。」特拉德說。

姨婆突然撲向尤利亞，抓住他的領口：「把我的財產還給我！我一直以為我的錢是威克先生弄丟的，所以從不對人說，包括你，大衛！現在我才明白，都是這壞蛋幹的，我得要回來！」

希普太太不斷勸兒子：「尤利亞，謙卑吧！講和吧！他們已發現了一切，我保證你是謙卑的！同他們談談條件，把事情解決了吧！」

尤利亞沮喪地坐了下來：「說吧，你們要我怎麼做？」

「我來告訴你該怎麼做，」特拉德說，「你從威克先生手中騙走的一切東西必須交出來，你的所有文件和財產都必須由我們掌管。」

「辦不到！」尤利亞大叫。

「那麼就要依靠法律了。大衛，請你去市政廳叫兩位警察來！」

尤利亞只好妥協了，他在一張字據上簽了字。

　　我們都很感激米考伯先生，大家陪他回家。他摟着米考伯太太又哭又笑，慶賀自己的新生，弄得他太太暈了過去又醒來。姨婆為米考伯先生出了個主意：和白葛迪先生一起移居澳洲，這樣他自己和五個孩子就有了發展的廣闊天地。至於移居所需的錢，姨婆說：「你幫了我們大忙，替我們從火中救出財產，我們會為你籌集資金，這是我們應該做的事！」

　　之後，特拉德協助威克先生清賬，結果喜人：威克先生可以毫無虧損地結束他的業務，並有五百鎊餘錢可以過日子，絲毫沒欠他人的錢。另一方面，翻查過後，姨婆的財產還剩有五千鎊，她給了米考伯先生五百鎊作為旅費和安家費，米考伯先生以紳士的態度堅持這筆錢是借款，以後要還的。我們還特意跟白葛迪先生說了聲，讓他知道米考伯先生的小小弱點——只要不涉及借錢，他是一個最誠實正直的朋友。

第二十五章 喪妻之痛

轉眼間，我結婚快兩年了，這段時間我一直很順利地在各家報刊上發表文章，也出版了幾本書，並獲得成功。因此我放棄了議會辯論的記錄工作，全力投入寫作。

但在治家方面，我仍是個失敗者。經過許多次無謂的努力之後，我和朵拉終於放棄了理家的打算，讓一切家務聽其自然。我家的聽差常和廚師吵架，他還偷了朵拉的錶，因此被關進監獄。他供出了以前在我家的多次偷竊行為，還揭發了廚師。真沒想到，我們被偷得這麼慘而又懵然不知，在法官面前，我比那些被告更無地自容。

這一切不得不使我認真考慮了很久，終於開口向朵拉說出了我的想法：

「親愛的，看來由於我們缺少經驗，使我們蒙受

知識泉

聽差：僕人，以前在官府或有錢人家做雜務的人。

125

了損失，也害了別人。我們縱容了所有來替我們做事的人，把傭人培養成小偷。他們壞的根源在於我們的疏忽。」

「啊呀，你說什麼呀？什麼壞的根源在我們，你看過我偷錶嗎？我也那麼壞嗎？」她哭起來了。

「唉，朵拉，求你聽聽我說。我們要對我們的傭人負責。我們像是在給那些人提供做壞事的機會，我感到羞恥。」

朵拉哭着說：「你感到羞恥，那你為什麼娶我？為什麼不把我打發走？送我到姑母那兒去吧，或者送我去印度吧！」

瞧，對她說什麼也沒用！我決定要潛移默化地改造她的思想。

我與她談論嚴肅的話題，唸莎士比亞的作品給她聽，給她灌輸一些有用的知識。但這些舉動除了使朵拉精神沮喪以外毫無效果，她彷彿老是在猜疑我這麼做的動機，不明白為什麼我要去嚇唬她。她討厭莎士比亞。

終於，我的耐心用完了。我已經厭倦了做一個嚴肅的教師，也怕見到我的孩子妻受拘束。於是有

一天，我買了一副耳環和一副狗用的項圈回去討她的歡心。

朵拉很喜歡這兩件小禮物。我誠懇地對她說，近來生活的不開心，責任全在於我不該想方法要改造她。我說，朵拉的本來面目比世界上任何東西都好，我們不用再學習做聰明人，只要快活。朵拉聽了快活得大笑，吻了我。

我們之間不存在陰影了，但陰影卻完全留在了我心中。我非常愛朵拉，但我發覺過去朦朧中期望的幸福，並不是我目前所擁有的幸福，總覺得少了點什麼似的。

我覺察到了我和朵拉在思想和志向上存在差異與不合，我沒法使朵拉來適應我，我便努力使自己去適應她。這樣，我們婚後第二年的生活倒比第一年愉快得多了。

然而在這一年中，朵拉的健康狀況卻不好。我曾希望我們能有個孩子，使我的孩子妻變成個大人，但是我們沒有成功。

朵拉變得越來越虛弱了，以致後來她已經不能下地行走。

　　每天早上，我把朵拉抱下樓來；到了晚上，我再抱她上樓去，小狗吉普就在我們前後跑動，狄克先生舉着蠟燭照路，姨婆拿着枕頭被單跟在後面。每逢此時，朵拉總是愉快地大笑着，說：

　　「當我再能像以前一樣到處跑時，我要和吉普賽跑！」

但是，她那雙會跳舞的美麗小腳卻變得那麼的沉重，就此沒有再下地奔跑過。當我感覺到懷中的她逐漸變輕時，心中產生一種恐懼：我的小花兒，別離我而去啊！

可是，這朵柔弱嬌嫩的小花卻在一天一天地枯萎下去。

朵拉病了好幾個星期了，我已經習慣了她經常生病，一有空就坐在牀邊陪伴她。朵拉說，她現在特別思念安格妮，想見見她，便叫我寫信請她來小住。安格妮來了，陪了她一整天，兩個好朋友有說不完的話兒。

我又來到朵拉牀邊。她**懨懨**①地躺着，雖然消瘦，但仍是那麼美麗。她已經沒有什麼力氣說話了，死亡的陰影彷彿已漸漸逼近，使我懼怕，連躺在地上的吉普，也似乎一下子老了很多。

朵拉用微弱的聲音對我說：「我的好孩子，你的眼睛好憂愁啊！究竟是怎麼回事呢？」

「沒事，你會好起來的。」我強忍着淚水說。

---

① **懨懨**：困倦或憂鬱的樣子。粵音淹淹。

在那安靜的、用窗簾遮暗了的臥室裏，我的孩子妻把可愛的臉蛋轉向我，她那柔滑的手指輕輕擱在我的手裏，微笑着睡着了，臉上散發出一種柔和的光輝。我的朵拉就這樣香消玉殞，靜靜地離開了人間。

我覺得眼前一陣發黑，天旋地轉，世間一切人和事都從我的記憶中消失了。

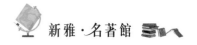

第二十六章 暴風疾雨

　　艾美將隨白葛迪先生移居澳洲了，白葛迪兄妹常向我提到漢姆，說他很有氣概，他是如何溫柔又勇敢地寬恕了艾美，並祝福她今後的生活平靜幸福。

　　我心中深深為小艾美擔憂。她不知將如何面對曾被她傷害過的戀人。也許，她會永遠對漢姆深懷愧疚。我寫了封信給艾美，問她是否願意託我帶些話給漢姆。第二天正午，白葛迪先生帶來了艾美的回信。他說艾美立刻回了信，並要求我先看一遍，如果覺得還合適，就轉給漢姆。

　　艾美在信中對漢姆表示了深深的愧疚，她寫道：

　　「我的良心日日夜夜譴責我，提醒我曾對你造成無可彌補的傷害。我並不期望你會原諒我，只求上天讓你能忘記我對你所做的一切惡事……就當我已死去，被埋在遙遠的地方。當有一天，我的罪惡被淚水洗淨時，我會回到你身邊，變為一個純潔的孩子。」

　　我讀後不禁雙眼淚水漣漣。我決定立即去雅茅斯，今夜就把此信親自交給漢姆。

　　當我坐上驛車向雅茅斯駛去時，天色已近黃昏。天空中烏雲密布，雲層急速地移動着，速度之快令人驚心動魄。

　　「你不覺得今天的天空很特別嗎？」我對車夫說，「我還未曾見過這樣的壞天氣呢！」

　　「是啊，看來可怕的暴風雨快要來到，海上要出事了！」

　　風狂野地颳着，一陣強似一陣。當夜幕降臨後，烏雲已經密密地遮蓋了整個天空。風勢越發厲害，我們的馬車幾乎無法再前進了，有好幾次，暴風差點吹翻了車，我們只得停歇下來，直到第二天**破曉**[①]時分才抵達雅茅斯。

　　靠海人家的一些屋頂被狂風揭掉了，許多參天大樹被暴風從地裏連根拔了出來。可是，這場暴風的勢頭仍在上升。當我們終於望見大海時，只見波濤翻滾、巨浪起伏，聲勢駭人。

[①] **破曉**：天剛亮。

全鎮約一半居民都聚在海灘上，許多婦女在掩面啜泣，因為她們的丈夫、兄弟或兒子還在大海上捕魚未歸呢！老水手們歎息着，一邊眺望着天空和大海，一邊搖頭，神色焦慮。

一陣飛沙走石迷住了我的雙眼，大海的怒吼聲震撼着我的雙耳。一排排像高山般的浪濤滾滾而來，像是要吞噬掉整個市鎮。這時，一個漁夫指着海面驚叫起來！

啊，我看見了！就在不遠處，一艘船失事了，正搖搖晃晃地漂過來。船的一根桅杆已經被吹斷，倒在一邊，被帆和索繩纏着，幾個人在拼命砍斷這破桅杆。我看見，他們之中有一人披着長長的鬈髮，他勇敢而敏捷地工作着。

知識泉

桅杆：船上用來掛帆的杆子，輪船上則用來懸掛信號、裝設天線等。

突然，響起一陣呼喊，只見一排巨浪凌空而起，掃過這條破船，把船上的人、桅杆以及一切東西通通捲進沸騰着的大海裏。

站在海邊的人們一齊發出了淒厲的哭叫聲。

有四個人從破船底下浮了上來，緊抱着殘餘的船身，載浮載沉，那個滿頭鬈髮的人在最高處。船又沉

浮了一次，兩個男人消失了。

　　岸上的人們尖叫着，一些人發瘋似地跑來跑去，向着那兩個與風浪搏鬥的人大聲叫喊。但一切都無濟於事，在這樣的大風大浪裏，有誰可以救他們！

　　正在此時，岸上的人羣中起了一陣騷動，人們讓出一條路，漢姆衝出人羣，來到海邊。他臉上有一種肅穆、堅決的表情，我立刻明白了他的用意。我向他奔去，用雙臂緊緊摟住他，不讓他離開沙灘。

　　岸上又爆發出一陣吶喊，我們向破船望去，桅杆上只剩下了一個人。

　　「大衞少爺，」漢姆緊握我手懇切地說，「如果是我的死期到了，那麼就是現在。願上帝保佑大家，我已準備好了，讓我去！」

　　漢姆掙脫了我，奔向大海，我看見他的身上繫着一條粗繩。

　　船身從中間斷開了。那惟一僅存的男人緊緊抱着船桅，他取下頭上的紅帽子，大聲叫喊着求援。啊！他這個動作我是那麼熟悉，它喚起了我舊日的記憶，使我記起了過去的一個親密朋友……

　　漢姆凝視着大海，趁一個大浪退回去時，他跳進

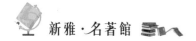

了大海，與波濤搏鬥，一波一波地前進。快靠近那人時，一個大浪打來，漢姆沉了下去。到人們把他拉回岸上時，他已經受了傷，臉上流着血。但他毫不理會自己的傷勢，吩咐人們把繩索放鬆些，他再次向那男人游去。

　　終於，他接近了那破船，幾乎要抓住那個男人
了，這時一個像座大山似的波浪從破船那一邊鋪天蓋
地般撲壓過來，我看見漢姆被海浪拋得很高很高，又
一下子被拋進了大海，破船也無影無蹤了。

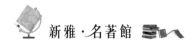

　　人們把漢姆拖回岸上，但是他已死了，被那巨浪撞擊死了。人們把他抬到屋裏，我守候着他。想起小艾美託我帶的信還未交給他，我悲痛欲絕。可敬的漢姆，他那顆寬厚、仁慈的心將永遠得到了寧靜。

　　一個老漁夫叫我去海灘看另一具漂上岸的屍體。就是那個長着鬈髮的人，躺在以前艾美和我尋找貝殼的地方，躺在被他破壞了的家庭的廢墟中間，那姿勢正像我過去在學校裏常見他熟睡時的樣子──他是史蒂福。

第二十七章　圓滿結局

　　朵拉的早逝給我很大的打擊，我變得很消沉，在悲哀中忘卻了一切，包括前途、事業、希望。安格妮建議我離開倫敦，到國外去旅行。

　　我漫遊了歐洲大陸——意大利、法國、德國和瑞士，我的心境漸漸平復。後來我在瑞士住了下來，寫完了一部小說，也就是我的第三本書。

　　我在國外待了三年。這三年裏，我一直依靠與安格妮的通信，才擺脫了心靈的暗影，重新鼓起勇氣追求光明。

　　終於，在對故鄉和安格妮的思念中，我回來了！

　　一個秋天的晚上，我回到倫敦，首先去探望我的好友特拉德。

　　他已開始在法院裏當律師，而且終於同他心愛的姑娘結了婚，過着十分幸福的家庭生活。

　　姨婆又搬回了多維爾住，現時白葛迪是她的管家。第二天我闖入姨婆的那個老客廳，受到姨婆、狄

克先生以及親愛的老白葛迪的熱烈歡迎，他們都高興得流下了眼淚。

姨婆和我暢談到深夜。

「你什麼時候到坎特伯雷去呢？」姨婆問。

「我想明天早上就去。」我説。我邀請姨婆與我同往，但她堅決不肯和我一起去。

姨婆望着我，好像有話要説。她先告訴我，説威克菲爾先生已**老態龍鍾**[①]，而安格妮，「你會發覺她還是像從前一樣善良、美麗、熱誠而不自私。」

「安格妮有沒有⋯⋯」我自言自語地説。

「有沒有什麼？」姨婆敏感地馬上反問。

「有沒有追求者哪？」

「二十個還不止呢！」姨婆説，「如果她願意，可以結二十次婚了！」

「那毫無疑問，不過是不是有人能配得上她呢？配不上她的人，她是看不上眼的。」我説。

姨婆沉思了一會，慢慢地説道：「我懷疑她已有了一個心上人。」

[①] **老態龍鍾**：形容年老體衰，行動緩慢、不靈活。

「假如是這樣的話，安格妮自然會告訴我的。我跟她像兄弟姊妹那樣**推心置腹**①，她也會對我這樣的。」我説。

第二天早上，我騎馬去坎特伯雷安格妮家。那座我熟悉的房子還是那樣莊嚴肅穆，裏面布置得整齊雅潔，和我第一次見到它時一樣。

我叫女僕通報安格妮説，有一位朋友從國外回來看她。

門開了，安格妮走了進來。她那美麗、嫻靜的眼睛望到了我，驚訝地把手放在了心口上。

「安格妮，親愛的！我來得太突然了吧？」

「不！不！見到你實在太高興了！」

我們緊緊擁抱，然後並肩坐下。她那天使般的面孔轉過來望着我，她仍是那麼真誠美麗，對我説起生活在澳洲的艾美，談及朵拉的墓，談到了她現在開辦了一間學校在教書……但惟獨沒談到她的終身大事。

終於，在聖誕節前一個嚴冬的晚上，我又坐到了她的對面，決心要好好和她談一談。

---

① **推心置腹**：比喻待人真誠。

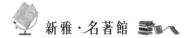

「你今天像是有心事的樣子，大衞！」

「我就是來告訴你我的心事的！親愛的安格妮，我用真誠對待你，從來都把自己的一切全部告訴你。現在，我知道你有一樁秘密，聽説你已經把你那金玉

一般高貴聖潔的愛情給予什麼人了。這樣一件與你的幸福密切相關的事，不要對我隱瞞吧！」

安格妮雙手捂臉，痛哭了起來。這眼淚卻帶給我希望，使我說出了全部發自內心的話，那些一直壓在心頭不敢說出的話從我舌尖一瀉而出。

我告訴她，她是我一生中最敬重、最尊崇、最衷心疼愛的人，我現在才明白，自己一直愛着的人是她！我對她的愛因為經過那麼多的憂患，所以是最忠誠、最堅定、最成熟的！

她緊緊地依偎在我懷裏，貼在我的心上。她那顫抖的手放在我肩頭，她那溫柔的眼睛滿含晶瑩的淚珠望着我。

「親愛的安格妮，我離開祖國的時候，愛着你！我留在外國的時候，愛着你！我回到國內的時候，愛着你！」

她輕柔地摟着我的肩說：「你

使我快樂無比。有一件事我非得要説一説不可。」

「什麼事？」

「我這一輩子一直在愛着你！」

啊，我們是那麼的快活！我們一起流淚——那是歡喜的眼淚！我們一起散步，一起抬頭仰望星空，感謝上帝帶給我們幸福的寧靜。

第二天，我們雙雙出現在姨婆面前。姨婆看了一眼便知道了，她兩手一拍，立即變得歇斯底里起來，我還是頭一次見到她這麼歇斯底里，而且是僅有的一次。

兩星期後，我們結婚了。我雙手緊緊摟在懷裏的，是我一生中一切雄心壯志的源泉，是我生命的中心，是令我把愛建立在**磐石**①之上的親人——我的太太安格妮！

「最親愛的丈夫！」安格妮説，「既然現在我能這樣稱呼你了，我就還得告訴你一件事。」

---

① **磐石**：厚重的大石，比喻堅固不動，堅定不移。

「什麼事哪？」

「朵拉臨終前叫我上樓去，她告訴我，她給我留下一樣東西，你猜是什麼？她向我提出最後一個請求，託付給我最後一件事。」

「那就是……」

「那就是，必須由我來填補那個空位。」

安格妮伏在我懷中哭起來了，我也哭了，但是我們是那樣的快活。

後來，我的名聲和資產都大有增進，家庭生活也十分美滿。再後來，我們有了三個孩子。

一個春天的晚上，我們在家裏接待了遠道而來的白葛迪先生，他已是一個老人了，但卻滿面紅光，強壯堅實。

他們在澳洲生活得很好，又養牛又養羊，還種莊稼，一切都很順利。艾美從舊報紙上讀到漢姆的死訊，花了很長時間才恢復過來，她再不提婚嫁之事，生活得很平靜。至於米考伯先生，他把欠姨婆和特拉德的錢一筆筆地認真清還了，可見他的日子也過得不錯，最近更獲選為住區的治安法官。

白葛迪先生在我家住了一個月，在這期間，姨婆

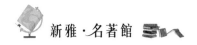

和白葛迪都來倫敦看他。姨婆已八十多歲了，身體依然硬朗。

還有兩個人的結局值得一提：特拉德和我受到薩倫學堂前校長克里古爾的邀請，去參觀一所模範監獄，他是這所監獄的負責人。他得意地向我們展示了他兩個模範犯人——一個是尤利亞・希普，因銀行詐騙案被判終生監禁；另一個是史蒂福那體面的僕人利提摩，他因詐騙主人的錢財與前者同罪。看來謙卑和虛偽在獄中也很有用。

現在，當我無限依戀地要結束我的故事時，我再次回顧了我的一生。

我看到我自己，身旁是安格妮，在人生道路上並肩前進。我看到我們的孩子和我們的朋友，在我們身旁追隨環繞。一張張面孔風馳電掣般飛逝而去，漸漸消失了。

然而有一張深情的臉，始終無怨無悔地眷顧着我，對我不離不棄；天上人間，她始終像彩光般照耀着我，永不熄滅。

我轉過臉去，看到這個面孔，美麗而恬靜，就在我的身旁。安格妮，我那親愛的人兒！沒有她，我就

不成其為我。當我輕喚着她的名字時，我才知道，人間的愛情是何等光耀、何等聖潔！

　　她是我此生的至愛，直到永遠。

1 你會怎樣評價大衞‧科波菲爾這個人？

2 大衞身上有哪些值得你學習的地方？

3 你認為史蒂福是壞人嗎？試説説原因。

4 你最喜歡書中的哪個角色？為什麼？

5 假如大衞沒有遇到朵拉，他會愛上安格妮嗎？
為什麼？

6 就像大衞和安格妮那樣，你身邊也有一個與你
互相支持、互相幫助的好朋友嗎？他／她是一
個怎樣的人？

英國

　　我們常說的「英國」，一般是指「大不列顛及北愛爾蘭聯合王國」（The United Kingdom of Great Britain and Northern Ireland），簡稱聯合王國（United Kingdom或者UK）或大不列顛（Britain）。

　　地理上，英國主要包括英格蘭（England）、威爾斯（Wales）、蘇格蘭（Scotland）和北愛爾蘭（Northern Ireland）四大部分。

　　早在數百年前，這四大部分都曾經是一個國家，後來統一了，所以叫做「聯合王國」。除了北愛爾蘭外，其餘三部分都位於大不列顛島上，尤以英格蘭佔的面積最大。

　　故事中提到的城市，例如倫敦、雅茅斯、坎特伯雷、普利茅斯、多維爾等，都是在英格蘭。我們在日常生活中較常聽見的英國城市，例如劍橋、牛津、利物浦等，也是位於英格蘭。

查理‧狄更斯
(Charles Dickens) *(1812-1870)*

　　英國小說家查理‧狄更斯，1812年出生於英格蘭南部的樸次茅斯，童年時跟隨家庭定居於倫敦。父親是一位入息低微的公務員，後來更因欠債被關進監獄，狄更斯12歲那年要到工廠當童工，幫補家計，因此沒有讀過多少書，所得的學問全靠自修而來。他的父親愛看書，年輕的狄更斯就把那些小說看了一遍又一遍，不知不覺地學會了寫小說的技巧。父親出獄後，他才入學讀了兩年書。

　　15歲時，狄更斯到一家律師行當紀錄員，這使他常有機會練習運用文字，剪裁文章。19歲開始了記者生涯，並用「蒲茲」這個筆名，在《晨報》發表了反映倫敦生活的雜文，開始受人注意。後來他的作品《匹克威克外傳》成為英國社會爭相討論的話題，名氣大增，那時他才24歲。自此他寫作不輟，至1870年58歲突然去世為止，共寫了15部家傳戶曉、激蕩人心的名著，《塊肉餘生》、《聖誕述異》、《苦海孤雛》、《雙城記》等後來都拍成電影。由於他少年時生活艱苦，深入下層社會，對貧苦的人有很深感情，而且觀察力強，又有幽默感，因此成為世界上享有盛譽的現實主義小說作家。

新雅 • 名著館

塊肉餘生

原　　著：查理·狄更斯〔英〕
撮　　寫：宋詒瑞
繪　　圖：李亞娜
策　　劃：甄艷慈
責任編輯：陳友娣
美術設計：何宙樺
出　　版：新雅文化事業有限公司
　　　　　香港英皇道 499 號北角工業大廈 18 樓
　　　　　電話：(852) 2138 7998
　　　　　傳真：(852) 2597 4003
　　　　　網址：http://www.sunya.com.hk
　　　　　電郵：marketing@sunya.com.hk
發　　行：香港聯合書刊物流有限公司
　　　　　香港新界大埔汀麗路 36 號中華商務印刷大廈 3 字樓
　　　　　電話：(852) 2150 2100
　　　　　傳真：(852) 2407 3062
　　　　　電郵：info@suplogistics.com.hk
印　　刷：中華商務彩色印刷有限公司
　　　　　香港新界大埔汀麗路 36 號
版　　次：二〇一七年五月二版

ISBN: 978-962-08-6822-1
© 1997, 2017 Sun Ya Publications (HK) Ltd.
18/F, North Point Industrial Building, 499 King's Road, Hong Kong
Published and printed in Hong Kong